ALPHA ZERO

CB064162

ALPHA ZERO

UM NOVO MUNDO EM MEIO AO CAOS

ANTOLOGIA ORGANIZADA POR **MARCUS FACINE**

Lura
EDITORIAL

Copyright © 2023 por Lura Editorial
Todos os direitos reservados.

Gerente Editorial
Aline A. Conovalov

Preparação
Marcus Facine

Projeto Gráfico e Diagramação
André Barbosa

Capa
Roger Conovalov

Revisão
Mitiyo S. Murayama
Stéfano C. Stella

DADOS INTERNACIONAIS DE CATALOGAÇÃO NA PUBLICAÇÃO (CIP)
(Câmara Brasileira do Livro, SP, Brasil)

Alpha zero : um novo mundo em meio ao caos / [organizador] Marcus Facine. 1a Edição, Lura Editorial - São Paulo - 2023.

216 p.; 15,5 X 23 cm

Vários autores
ISBN 978-65-5478-035-3

1. Ficção. 2. Distopia 3. Ficção científica 4. Antologia. I. Título.

CDD: 869.108

Ficha elaborada por Bibliotecária Janaina Ramos – CRB-8/9166

[2023]
Lura Editorial
Rua Manoel Coelho, 500, sala 710, Centro
09510-111 - São Paulo - SP - Brasil
www.luraeditorial.com.br

A única maneira de lidar com o futuro é ser ativo e participar na sua criação. O futuro não é um lugar para ser esperado, mas sim um lugar para ser alcançado.

William Gibson

APRESENTAÇÃO
Marcus Facine

Alpha Zero é uma antologia de contos de ficção científica que se passa em um futuro distópico, 150 anos após os acontecimentos descritos na antologia inicial *Ano Zero*. O livro apresenta uma série de histórias independentes que exploram a vida dos sobreviventes, suas escolhas, medos e esperanças em um mundo em ruínas.

Com a participação de diversos autores, traz uma perspectiva diversificada e mais enriquecedora, apresentando diferentes visões e experiências, permitindo ao leitor uma compreensão mais ampla e completa sobre o mundo pós-apocalíptico dos personagens que enfrentam desafios diversos para construir uma nova sociedade em meio ao caos. Questionar se a violência é necessária ou se a colaboração é a melhor opção. Adaptar-se a um estilo de vida nômade ou formar pequenos grupos sedentários. Procurar refúgio em locais ermos ou misturar-se na multidão de olhos cansados, corpos magros, debilitados, expostos e feridos.

Os contos exploram as consequências das mudanças climáticas, da radioatividade e das armas biológicas, apresentando uma visão sombria e perturbadora de um futuro possível.

A natureza humana, o medo, a esperança e a busca pela sobrevivência são o foco, mas de forma ampla e criativa, o uso da tecnologia se faz presente, ora para ajudar, ora para ameaçar descontroladamente. A sutileza do mistério se materializa em raças alienígenas e viagens interestelares como uma nota musical perfeita em meio ao ritmo caótico.

Com uma narrativa emocionante e cativante, *Alpha Zero* apresenta uma obra literária inovadora e impactante que convida o leitor a refletir sobre o futuro da humanidade e nossas escolhas, que podem influenciar o destino do planeta e de nossas vidas.

SUMÁRIO

TODOS MORREM SOZINHOS | RELATO Nº 32 DE 42 12
BRYAN HAVEROTH

POR QUEM AS FACAS CORTAM 30
A. M. RAMOS

A LEI MONROE 38
GUSTAVO BENITEZ RIBEIRO

AO NARIZ, DEDICO O PÓ 46
GILMAR RODRIGUES

AS CIDADES VERTICAIS 50
S. S. RODRIGUES

PROJETO RMJ1390002: HIBERNANTE 58
RENATO DE MEDEIROS JOTA

DO QUE NÃO VIVEMOS 64
TIAGO CARVALHO LEITE

JARDINEIRA 72
ROBERTO SOUZA DOS REIS

VOLCANO 80
RICARDO MARCELINO DE LIMA

O PANDÊMICO 88
HEZIO JADIR FERNANDES JR.

A RETOMADA 100
ANDRÉ BARBOSA

ARGON E OS AZUIS 106
CRIS ROSSI

HUMANOS DO ESPAÇO 112
RICK BZR

O SÉTIMO SOL 120
CEZAR CRISTOVÃO SPERANDIO

PROJETO BIO-ENTERPRISE 128
ESUS SOUZA

O GRANDE ARQUITETO 134
ALEXANDRE BOTELHO VILARON

QUANDO UM PLANETA MORRE, OUTRO NASCE ENTRE AS ESTRELAS ..142
WENDEL DA SILVA

RECOMEÇO 148
FÉLIX BARROS

SEM PALAVRAS 154
GIOVANE SANTOS

SUBTERRANEUS 160
JOÃO DE DEUS SOUTO FILHO

UMA POSSÍVEL TERRA 170
SANDRO JAMIR ERZINGER

TERRARREFORMAÇÃO 176
ALESSANDRO MATHERA

A. RAINHA GELADA 184
A. M. RAMOS

CHOQUE DE REALIDADE 192
PAULO RODRIGO PERAZZOLI

DOUSER – UM, DOIS E DOIS 200
MARCUS FACINE

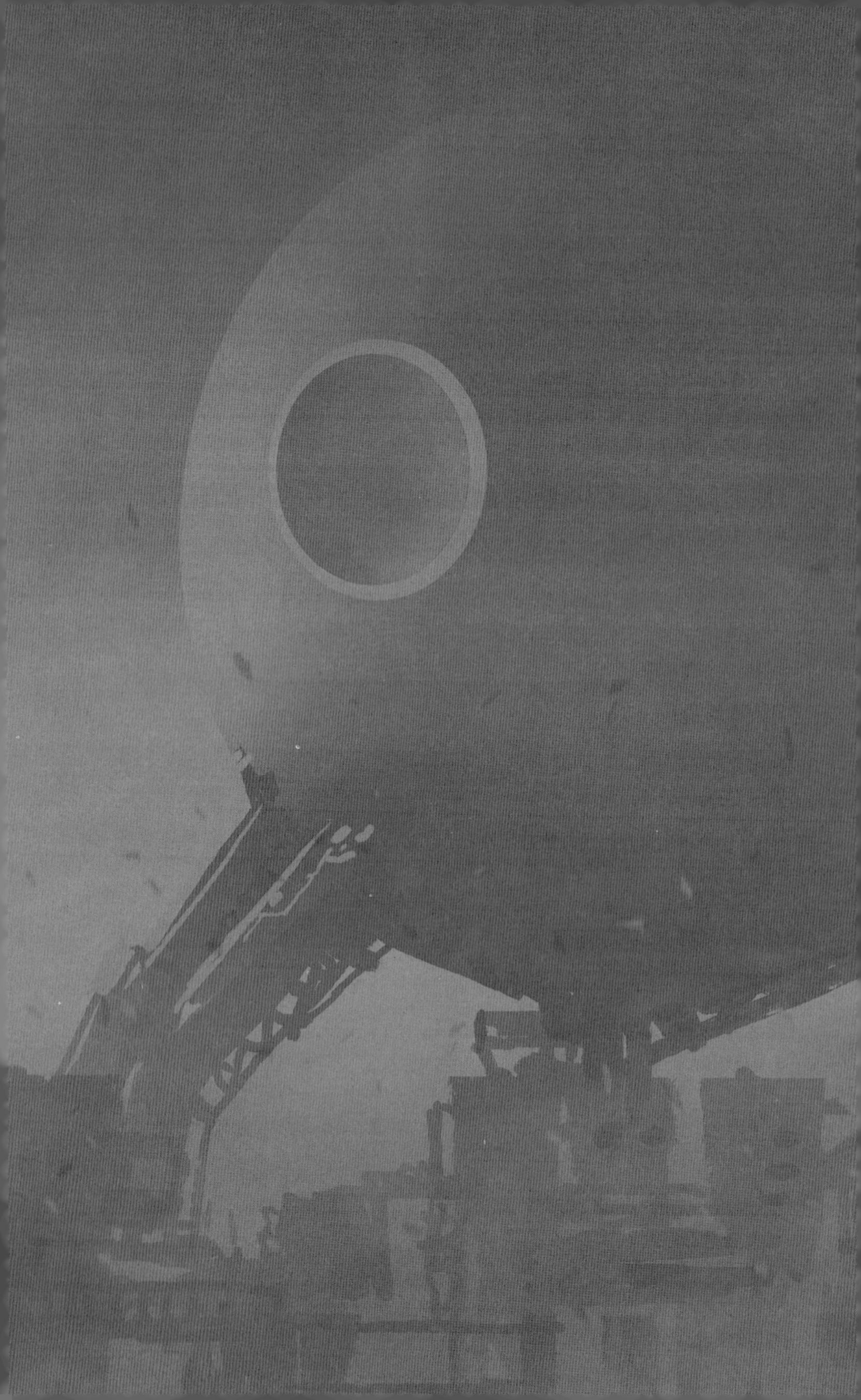

ALPHA ZERO

TODOS MORREM SOZINHOS | RELATO Nº 32 DE 42
Bryan Haveroth

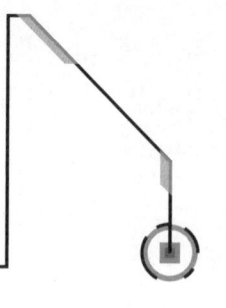

No dia 8 de abril de 2024, o maior canal do YouTube, com mais de 1,5 bilhão de inscritos, foi invadido e teve o nome alterado para *Announcement*. De forma gradativa, todo o conteúdo original sumiu, dando lugar a um único vídeo de seis minutos. A filmagem mostra um quarto comum com paredes brancas ao fundo e, já nos primeiros segundos, um homem de calça jeans e camisa social branca senta-se na beirada da cama, ajeita os óculos e inspira de maneira funesta antes de começar a falar. Categoricamente, apresenta-se como o geofísico japonês Ichigo Motobuchi Kazuya, parte de uma equipe chamada "Under Surface", subdivisão não documentada da JAXA[1], que conduzia estudos há mais de 16 anos no Planalto de Shatsky. Também relata o quanto ficou frustrado devido ao fato de que o imenso dossiê, dispersado em alguns grupos na internet, foi taxado como teoria da conspiração.

Para que até os mais leigos entendam, ele explicou com detalhes que, em meados de 2019, nas profundezas do Oceano Pacífico, no Maciço de Tamu, vulcão mais largo do Sistema Solar, foi detectado um pico absurdamente fora do normal na energia telúrica daquele ponto do manto. Apesar da curiosidade e da excitação pela descoberta de um fenômeno jamais documentado pela humanida-

---

1 **JAXA:** Agência Japonesa de Exploração Aeroespacial.

de, todos na equipe estavam apavorados e apreensivos com aquilo, principalmente devido ao fato de não ser o governo japonês, mas sim uma empresa privada que ditava as regras pelas entrelinhas. Em seguida, o geofísico cessa a fala e digita algo em seu relógio, arruma novamente os óculos e retoma a explicação. Mesmo contra as recomendações da equipe, a Geoscan – mineradora marítima formada a partir do consórcio entre a *Keiretsu*[2] Sumitomo e um conglomerado empresarial árabe – iniciou a perfuração da crosta planetária situada a quase 2.000 metros abaixo do mar. Graças à tecnologia pioneira de ruptura-empuxe das brocas de vácuo, era possível avançar um quilômetro de profundidade em apenas seis horas.

Após uma dramática pausa de 18 segundos, ele cutuca de novo a pequena tela, entrelaça os dedos e suspira, quase como se fosse impedido de falar por uma entidade invisível. Ele descreve que, exatamente no quarto quilômetro, um bolsão oco não apontado no ecobatímetro foi rompido, fazendo eclodir um gêiser colossal de uma espécie de vapor roxo, o Hergaélio, nome provisório usado para o elemento gasoso desconhecido, que só parou de vazar com pressão, quando já havia atingido a metade da troposfera.

Ao se voltar novamente para o pulso, relata que passaram-se três horas e meia desde a cena aterrorizante onde parte da estrutura submarina, com vários de seus amigos e colegas dentro, foi completamente dissolvida. Ainda em choque, conseguiu acionar a leitura molecular remota e mapeou as propriedades do gás, descobrindo uma cadeia atômica incompatível com qualquer outro elemento químico conhecido, já que era ultrapesado, radioativo, supercondutor e altamente corrosivo perante certos materiais.

Faltando 2min25s, Ichigo digita duas vezes no *smartwatch* e se vira para a câmera, posicionando o pequeno display para enquadrar uma filmagem tremida que captava de longe uma estrutura cilíndrica com vários homens acorrentados. Passados três segundos, um pilar de distorção energética cai do espaço em velocidade hipersônica, amassando o solo como se um colosso cósmico invisível tivesse socado a Terra. Quando a nuvem rarefeita de poeira se dispersa, mal

---

2 **KEIRETSU:** Nome dado à coalizão de centros econômico-industriais japoneses que convergem aos mesmos interesses, substituindo o termo "Zaibatsu", utilizado até 1945.

dá para distinguir as rochas e borrões vermelhos naquele buraco de 30 metros de diâmetro por três de profundidade.

Assim que este trecho termina, Ichigo retira os óculos e esfrega os olhos antes de proclamar com uma voz carregada de seriedade e pavor:

"A-Até uns minutos atrás a nuvem g-gigantesca estava com mais de 5800 metros de altura por 1700 de largura... e... não parava de crescer. O pior vai acontecer caso ela se misture às O-Ondas de Rossby e outras correntes de ar planetárias. Olha... há uma catástrofe inimaginável chegando e eu achei que o mínimo a ser feito seria informar o máximo de pessoas possível... Dentre todas as melhores mentes do mundo que sabem do ocorrido, n-ninguém faz a mínima ideia do que fazer. A única coisa que eu consigo pensar agora é encontrar e abraçar meu filho Nitsuru... Enfim, estoquem comida e água e... de alguma forma, procurem abrigos subterrâneos... É isto... e... que Deus tenha misericórdia de todos nós..."

18/07/2037
9º andar do antigo edifício da Polícia Rodoviária Federal. Curitiba. Brazil. Kajhata-Arkham.

O tapete de musgo acima da superfície demarcava até onde as inundações torrenciais haviam chegado, escalando os arranha-céus como se também quisessem escapar daquele inferno aquático. A paisagem urbana, salpicada de torres sombrias despontando da água, jazia em uma necrópole semissubmersa de concreto e metal oxidado. O solitário facho de luz branca do nono andar no meio da escuridão noturna parecia flutuar e concorrer com a enorme lua cheia.

— Ei, menina! Vem aqui... já tô com saudade — o Presidente berrou sem virar o rosto.

Logo após a restauração que a tornou parte máquina, além de não saber o próprio nome, ela mal conseguia se situar no universo. Algumas semanas depois, mais adaptada a ter que pensar com dois cérebros, era frequentemente fisgada por uma cena insistente na qual se via boiando num jet ski sem combustível, o que piorava cada vez mais sua fobia por veículos aquáticos. O tempo foi passando e, quase um ano depois, repentinamente, durante uma confraternização qualquer do clube, um estalo chicoteou sua mente e causou uma erupção de lembranças. Ali, em um milésimo de segundo, desenclausurou uma eternidade de dados e conclusões lógicas sobre sua própria dualidade inexorável de robô biológico. A profusão de recordações era tão explosiva que, ao mesmo tempo, lembrou-se do marido e da promessa que ele havia feito na última vez em que se falaram. Por consequência de toda a infinidade de informações, lembrou-se do próprio nome. Mya. A ex-capitã da equipe de coleta casada com Zero, o *homem do caos*[3], que foi acusado de traição e sentenciado a servir como "ponta de lança" numa emboscada envolvendo outra gangue rival menor.

— Psiu… tá ouvindo, menina? — berrou ainda mais alto.

Após a explosão do jet ski batizado, Mya boiou por cerca de dois minutos até ser retirada da água com uma tarrafa. Sem o braço esquerdo e metade da perna direita, foi levada às pressas até o mó-

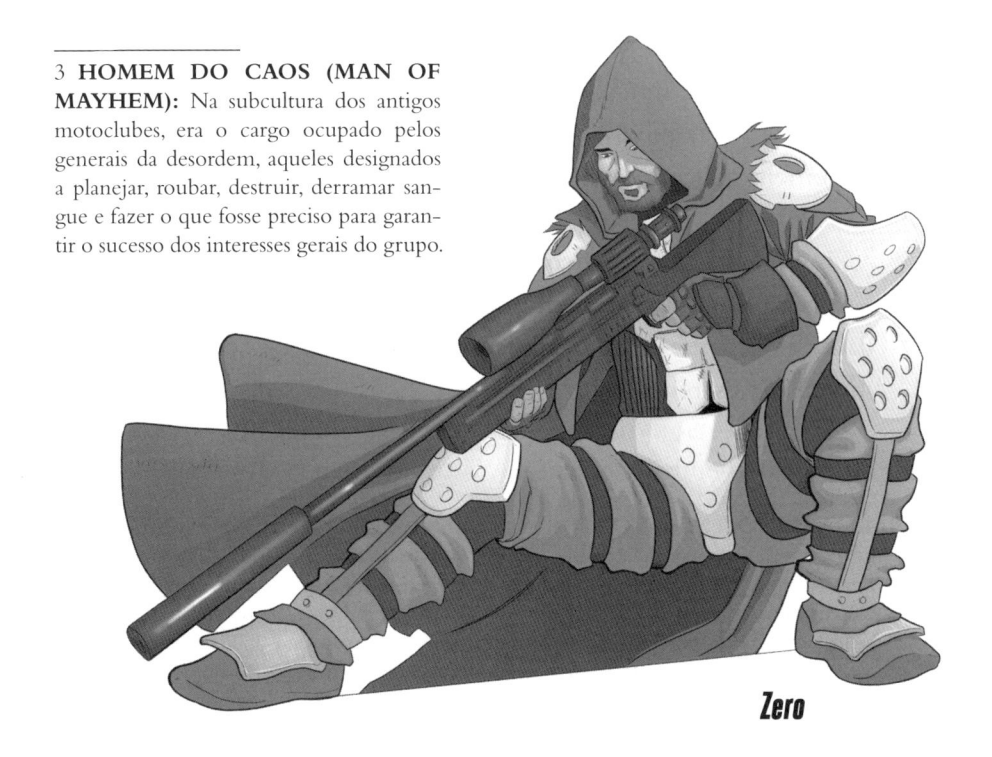

---

3 **HOMEM DO CAOS (MAN OF MAYHEM):** Na subcultura dos antigos motoclubes, era o cargo ocupado pelos generais da desordem, aqueles designados a planejar, roubar, destruir, derramar sangue e fazer o que fosse preciso para garantir o sucesso dos interesses gerais do grupo.

Zero

dulo cirúrgico no hospital do local. Com o sistema imunológico debilitado, foi devastada por uma infecção generalizada que causou um dano permanente no córtex motor, o que levou a equipe a enxertar uma matriz memristor[4] ao cérebro para evitar a falência neural (e a morte).

"Mii! Você tá com o rádio? Tá me ouvindo, Mii?! É o seguinte... vou resumir o máximo possível, então grave tudo o que eu disser. Por mais difícil que seja... [estática]... aguente firme, pois eu prometo que vou te tirar daí. Então é o seguinte, Mii: vou te resgatar numa noite com lua cheia, então uma vez por mês, fique com os olhos no céu, por favor. Também fique esperta sempre que a Equipe de Coleta sair, porque vou sitiar esse lugar nessa hora... [estática]... Sabe o prédio alto ali do lado? Vou subir lá e explodir a porra do nono andar por fora, nem que eu tenha de saltar de paraquedas. Sempre evite ficar ali perto das janelas depois das seis da tarde em noites de lua cheia... [estática]... Sinto muito, demais mesmo, Mii... [estática]... eu te amo pra sempre, biscoita... [estática]..."

— Além de muda, agora é surda? — Com um puxão, arrancou a capa de lona, que escondia a metade de baixo do rosto que usava uma meia-máscara de aço inoxidável com três orifícios.

— Minha nossa... fico feliz demais em te ter aqui, sua deliciosa! — disse a voz rouca, retirando o colete de couro com a tarjeta bordada "Presidente". Mya rapidamente pegou o bloco de anotações do bolso e escreveu:

---

4 **MATRIZ MEMRISTOR:** Decaedro biocibernético composto por um mix de polímeros tunelados praticamente indestrutíveis. Patenteado pela antiga Plague Neuromorphic Engineering S/A, ao mesmo tempo que gera energia em resposta a um campo de aceleração cúbica de nano-ogivas de hádrons, possui 95 trilhões de grades não lineares interligadas ao cerebelo por meio de uma ponte de biomemristores, possibilitando ao indivíduo enxertado ações como sistema de busca e processamento instantâneo de dados, telepatia, retrocognição, precognição conjectural e outras habilidades ainda desconhecidas.

[Presidente, por gentileza, poderia me informar que dia é hoje?]

— Mas que diabo de pergunta é essa?

[Só quero saber. Lembrei que, em vários aniversários, tive a companhia da lua cheia]

— Lembrou? Acha que hoje é teu aniversário?

[Por favor...]

A garota enfatizou chacoalhando o papel, agora consciente do que fazer.

— Não sei, não... te conheço bem pra saber que esse olhinho só brilha quando tá muito interessada em algo. Me diga o real motivo.

Paranoica com o fato de que aquela poderia ser a noite do resgate, Mya baixou a cabeça e conduziu a mão do Presidente com delicadeza por dentro de sua blusa.

— Me dê uma boa razão. Não... uma razão irrecusável pra eu ir até o calendário no quinto andar sabendo que eu tenho uma alergia mortal àquela merda de amendoim que plantam lá.

Mya se agachou e ajeitou o rascunho na coxa, apressando-se em rabiscar:

[Faço uma massagem bem especial com as duas mãos, de 45 minutos em cada perna e 20 minutos nas costas antes do sexo]

Os dentes escurecidos pelo fumo reluziram como ouro. Nada lhe dava mais prazer naquela idade senão alguém aliviando sua velha carapaça de toda a tensão que envolve sobreviver. Enquanto vestia o colete com uma mão, virou o uísque num único gole com a outra.

— Vinte não, quero uma horinha bem dedicada nas costas — disse o Presidente, gesticulando para o Vice que iria se retirar.

— Só pra deixar avisado: se abusar da força desse braço de ferro outra vez, não vou gritar "Parar", mas sim "Desligar". E este, minha querida, não tem volta.

12/06/2037
Terraço do antigo Edifício Vogue Square Garden.
Ponta-Grossa. Brazil. Kajhata-Arkham.

— Quantas vezes vamos conferir essa tua lista? — Resmungou Katon.

— Prometo que é a última vez, já vamos zarpar amanhã. Tem um lápis aí?

— Tenho. Pode começar.

CHECKLIST PARA A INVASÃO

ITEM 1 | COISAS GERAIS:

- 1 ESTILINGUE DE AÇO CARBONO;
- 20 PELOTAS DE GESSO RECHEADAS C/ CACO DE VIDRO;
- 4 FACAS DE 20 CM;
- 3 BINÓCULOS;
- 4 LANTERNAS PEQUENAS C/ CARREGADOR À FRICÇÃO;
- 2 ISQUEIROS;
- 1 POTE DE PLÁSTICO CONTENDO:
    - 46 CIGARROS DE FUMO HIDROPÔNICO
    - 23 CIGARROS DE CANNABIS HIDROPÔNICA
    - 200 G DE RAPÉ EM PÓ ARTESANAL.

— Tudo ok, exceto por aqueles três baseados que molharam hoje, então só temos dez. Uma pena.

— Pena mesmo. Enfim, qual vem a seguir?

ITEM 2 | MANUTENÇÃO DO HOVERCRAFT[5]:

- 2 KITS DE REMENDO A FRIO C/ COLA, TAPA-FURO, COURO E LIXA 150;
- 1 LATA DE FERRAMENTAS;
- 65 L DE BIODIESEL.

---

5 **HOVERCRAFT:** Aerodeslizador terra-água suspenso por uma bolsa-colchão de ar e impulsionado por hélices.

— Só corrigindo, são duas latas, pois não coube tudo em uma só.
— Tranquilo. Elas tomam pouco espaço.
— Só acho que seria interessante dar um jeito de levar mais biodiesel.
— Impossível. Simulamos as posições e o peso três vezes. Você lembra.
— Bom, é só minha opinião.
— Próximo?

ITEM 3 | AS TIROLESAS:

- 1 RIFLE PNEUMÁTICO LANÇADOR DE ARPÃO;
- 4 COMPRESSORES DE AR ADAPTADOS PARA 24 V;
- 12 BATERIAS ESTACIONÁRIAS DE 24 V E 400 AMPERES LIGADAS EM PARALELO;
- 1 CHAVE ALAVANCA TIPO ESTRELA-TRIÂNGULO P/ PARTIDA DE MOTOR DE ATÉ 300 CAVALOS;
- 7 M DE MANGUEIRA DE AR COMPRIMIDO C/ MALHA DE AÇO DE 2 ½ POLEGADAS;
- 12 M DE CABO DE COBRE FLEXÍVEL 120 MM COM ISOLAMENTO DE 1 KV EPR[6];
- 5 ROLOS DE FITA ISOLANTE DE AUTOFUSÃO;
- 26 BRAÇADEIRAS DE 2 ½ POLEGADAS;
- 3 ARPÕES DE AÇO GALVANIZADO C/ GANCHO;
- 3 SUPORTES DE ANCORAGEM;
- 457 M DE CABO DE AÇO NU DE ½ POLEGADA;
- 5 CABIDES DE AÇO GALVANIZADO P/ TIROLESA;
- 1 TESOURA DE CORTE INDUSTRIAL.

— Ok, tudo certo. Agora o quatro.

ITEM 4 | AS BOMBAS:

- 1 EQUIPAMENTO DE MERGULHO SEMIPROFISSIONAL + 1 CILINDRO DE NITROX;
- 5 L DE HIDRAZINA ANIDRA (EM FALTA, BUSCAR NO LACTEC[7] A 600 M DALI);

---

6 **EPR (ETHYLENE-PROPYLENE RUBBER):** Enquanto o termoplástico dos cabos elétricos de PVC *(polyvinyl chloride)* aguenta temperaturas de até 70°C no condutor, o isolamento em EPR *(ethylene-propylene rubber)* é um termofixo capaz de suportar até 90°C no condutor.

7 **LACTEC:** Fundado em 1959 com a criação do Centro de Hidráulica e Hidrologia Professor Parigot de Souza, de onde nasce a notoriedade em projetos de grandes obras hidrelétricas, atividade mais tarde somada à tradição do Laboratório Central de Pesquisa e Desenvolvimento em 1982, e do Laboratório de Materiais e Estruturas em 1994. A fusão de todas as unidades, no final dos anos 1990, e a criação do Laboratório de Mecânica e

- 2 KG DE NITRATO DE AMÔNIO;
- 1 GALÃO DE 20 L P/ MISTURAR OS COMPONENTES;
- 500 G DE ALUMÍNIO EM PÓ;
- 1 FUNIL DE PLÁSTICO;
- 1 BARCO DE CONTROLE REMOTO;
- 8 PILHAS TAMANHO D;
- PEDAÇOS DE ISOPOR (PARA AJUDAR NA ESTABILIDADE DO BARCO-BOMBA);
- 2 ROLOS DE FITA SILVER TAPE.

— Aqui também me preocupa: e se esse negócio não estiver lá? De fato, suas habilidades com explosivos foram decisivas na montagem desta estratégia, então não me leve a mal, mas sem pelo menos um bendito galão, fodeu. Só o nitrato não é capaz de fazer o estrago necessário.

— Relaxa, deixa com o Degas — disse Katon resvalando um leve fio de tensão. — Dos nove meses em que trabalhei naquele setor, o armário 7 nunca foi aberto e a fechadura era uma trava magnética simples de 200 quilos sem tranca mecânica, ou seja, só funcionava com eletricidade e...

— E se não estiver lá? — interpelou Zero.

— Já disse, fica tranquilo! — retrucou Katon. — N-Não é possível que alguém pensou em salvar galões de produtos químicos tóxicos e perigosos no fim do mundo. Vamos pro último.

ITEM 5 | PARA A SOBREVIVÊNCIA [7 PESSOAS]:

- 80 L DE ÁGUA DA CHUVA FERVIDA (DIVIDIDOS EM 2 GALÕES DE 20 L);
- 4 VARAS DE PESCAR + KIT DE ANZÓIS;
- 4 TARRAFAS;
- 2 FOGAREIROS MOVIDOS À ENERGIA SOLAR;
- 16 KG DE FARELO DE BATATA-DOCE;
- 9 KG DE COUVE FRESCA;
- 30 KG DE CENOURA FRESCA;
- 9 POTES DE PIMENTA DEDO-DE-MOÇA DESIDRATADA.

Emissões Veiculares, em 2000, deu origem ao Lactec, um dos maiores centros de pesquisa, ciências e tecnologia sem fins lucrativos e autossustentáveis do Brasil.

— E fim, tudo certo… agora dá pra relaxar um pouco.
— Checklist finalizado, então? — Questionou Zero.
— Com certeza, conforme o combinado — Katon deu uma piscadela. — Aliás, o que é esse colar que nunca sai do teu pescoço? — Desconversou sem o olhar nos olhos.
— Um cilindro com quatro amendoins.
— Tô falando sério.
— Eu também — Zero se levantou para mostrar a ponta. — Isso já foi meu *hanko*, um tipo de carimbo usado no lugar da assinatura, herança dos anos em Nagoya.
— Ah, sei. Estudei com um japonês que tinha um *Charmander* de boné.
— Bom, vamos repassar o que vem na sequência?
—Você que manda, Zero.
Katon estava no limite da exaustão física e mental após meses reunindo a maior parte dos itens da lista. Mesmo completa, houve tanto retrabalho em resolver cagadas de outras artimanhas malsucedidas, e ele já sentia estafa antes mesmo da missão principal começar. Uma empreitada quase suicida e com grandes chances de dar merda. Em certo ponto, começou a indagar para si mesmo a real motivação de todo o estratagema elaborado por Zero a fim de movimentar recursos terrivelmente difíceis de conseguir até a antiga Curitiba.
— Por que não usar um drone ao invés do barquinho pra explodir a torre da antena?
— O nono andar é todo de vidro com câmeras de visão panorâmica que captam qualquer ângulo de aproximação. Inclusive, tem um telescópio na área do módulo eólico-solar do terraço. Acredite, Katon, por ali não dá.
Zero desrosqueou uma pequena valise com rapé e aspirou com a narina esquerda.

— Há dois anos a água estava em 12, 13 metros. Parecia promissor avançar com drones. Só que quando eu tentei entrar com a bomba voadora, não contava com bazucas antidrone.

— Se tu morava lá, como não sabia delas?

— Sempre existem segredos. Não dá para conhecer tudo. Consegue entender minha insistência em mandar a primeira carga pela água? Por experiência própria, creio que o barco chegue até a antena sem ninguém notar.

— Acho que tem razão... — balbuciou Katon, contrariando seus pensamentos. — Dá até pra cobrir o barquinho e o isopor com lixo. Esconderia melhor.

— Olha só! Uma ótima ideia.

— Mas... se vamos invadir pra ficar, por que não causar pouco dano à antena?

— Ela não é o objetivo principal. O foco é neutralizar a possibilidade de quem estiver de plantão chamar reforços. E outra, Curitiba é um dos únicos locais inundados que têm várias fazendas verticais autossustentáveis bem-sucedidas. Se tudo der errado ali, vamos atrás de outra.

— Pois é. Confesso que certa vez ouvi de canto uma conversa tua com o Pallas sobre outras estruturas ativas lá e...

— Exato. Ouviu bem.

— Não foi ali que tua esposa morreu? — Katon vomitou as palavras, sem rodeios.

— Isso é passado. Não quero tocar no assunto. Vamos nos concentrar em dominar aquela fortaleza e sobreviver! — Zero agarrou o ombro de Katon e sorriu. — O plano já está traçado. Agora é executar e torcer para dar certo, meu amigo.

Nesse lapso de tempo, Zero transportou sua mente até Mya, o motivo de tudo. Desde o ocorrido, chegou à conclusão de que não valia a pena sobreviver naquela realidade sem conviver com ela, privado das sensações terapêuticas emanadas por sua simples presença.

Será que ela aguardava seu retorno? Estaria viva? Ainda o amava? No entanto, após mobilizar um complexo contingente para invasão por quase dois anos, nada, nem mesmo a inédita combatividade e o espírito de contestação de um frustrado Katon poderiam atrapalhar o bom andamento das coisas.

— Me considera um amigo, Zero?

— É modo de falar. Ninguém aqui se compadece pelo outro de verdade. Todos só trabalham juntos para sobreviver.

— E se eu te considerar como amigo?

— Cortaria fora seu braço esquerdo por mim, Katon?

— E tu? Cortaria?

— Não sou seu amigo.

— Mas tu me diss… ah, que se foda! Vamos focar aqui e boa.

— Opa, parece que entendeu — Zero pôs um cigarro de *cannabis* atrás da orelha e acendeu outro. Katon fechou os olhos e apenas gesticulou para que ele continuasse.

— Mesmo com outros prédios mais altos, este em especial tem a melhor infraestrutura-ecossistema autossustentável capaz de aguentar inundações de até 20 metros e continuar fornecendo comida, entretenimento e balas.

— Munição ruim cheia de zinabre?

— Que nada! Artesanal da melhor qualidade. A edificação tinha armazenado toneladas de pólvora e cápsulas vazias no oitavo andar. Se armas já são valiosas, projéteis em perfeito estado são mil vezes mais.

— Eles foram espertos em dominar o complexo da Polícia Rodoviária Federal antes de todos.

Zero deu uma longa tragada e expeliu a fumaça pelo nariz, ignorando o comentário de Katon.

— Existe também um ambulatório equipado de aparelhos variados com estrutura para cirurgias, próteses e enxertos de melhoramento. Mas, o diamante é a fazenda vertical do quinto ao sétimo andar, com lâmpadas e reatores de vapor metálico sustentando a criação de aves, ovos, hortaliças e ervas medicinais.

— Deve ser maravilhoso poder comer todo dia.

— O oitavo é a área industrial onde processam e fabricam de tudo. Já o nono é um paraíso em forma de pub, regado a vinho e cerveja cauim[8] para todos, exceto o uísque, que é exclusivo do Presidente.

— Eu daria um dedo só pra tomar um copão de uísque. — Katon pediu por uma pitada com os dedos em V.

— Fora os bolinhos de peixe, livros, sinuca, baralho, pinball, dardos... Mas nem se iluda, já que o nono andar vai pelos ares.

— Torcendo pra alguma garrafa sobreviver.

— Graças à antena e ao rádio amador de ondas de baixa frequência no décimo, eles têm capacidade de comunicação com alcance de muitos quilômetros... E, finalmente, a cereja do bolo: o depósito lotado de armas e munições no 11º andar.

— Então por que não poupamos essa parte?

— Porra! De novo isso? Já disse que esse não é o objetivo! — Zero ergueu a voz sem se mexer. — Refleti muito sobre o assunto e cheguei à conclusão de que é impossível mantê-lo funcional sem arriscar a missão.

— Será? — questionou Katon, tentando transparecer firmeza. — Pense só, quando ouvirem a primeira detonação, já podem estar armados e optar por descer até o píer direto, sem subir pro décimo chamar ajuda ou apanhar armas no 11º. Não concorda que isso pode acontecer?

— Claro que sim! São possibilidades, mas como é uma aposta, prefiro crer que, assim que o barulho da torre ressoar, irão atrás das armas e, por desencargo ou pura esperança, testar o rádio. E penso assim porque já vivi lá e eles agiam dessa forma quando situações parecidas rolavam.

— Só que se...

---

8 **CAUIM:** Bebida alcoólica de origem indígena fermentada de mandioca e cana-de-açúcar.

— Katon, nesta questão, a decisão já está tomada, beleza?

— Tá! O nono será arregaçado. E depois?

— Calma! Antes de explodir o nono, tenho que chegar no prédio vizinho, que fica a quase 40 metros de distância, montar o disparador, *jumpear* o banco de compressores o mais rápido possível no terraço e deixar o nitrato e o alumínio prontos no galão só aguardando a hidrazina. Tudo isso enquanto você vai até o Lactec garantir nosso precioso aditivo químico.

— Eu sei, eu sei… tô ciente. Só quero saber o que faremos depois.

— Em simultâneo, os outros cinco que vão conosco estarão escondidos no píer, só esperando para alvejar das sombras os que forem descendo enquanto eu lanço a primeira bomba no prédio. Se der tudo certo até aí, preparo o segundo tiro para cravar um arpão dentro do nono andar. — Zero atirou a bituca para trás.

— Por que três disparos se a bomba é a primeira e tu vai na segunda?

— Caso eu erre um deles. Um tiro de minerva.

— Com mira telescópica e nesta distância curta? Nos testes ele foi ultraeficaz em 60 metros, imagine 40. Impossível errar.

— É só para garantir que vai dar tudo certo. O terceiro tiro não será necessário.

— Entendi — disse Katon, cruzando os braços com um brilho diferente no olhar.

— Mudando de saco para mala, qual era a utilidade da hidrazina, afinal?

— Ser componente-base de alguns produtos agropecuários, mas também podia ser o propelente combustível de foguetes.

— No que vocês a usavam?

— Boa parte da demanda ia pra mineração e construção civil, onde ela se combinava ao nitrato de amônio pra resultar em astrolite G. Adicionando pó de alumínio, ela transforma-se em astrolite A, o explosivo líquido não nuclear mais forte que existe.

—Tem absoluta certeza de tudo isso?

— A pergunta até me ofende a essa altura do campeonato... é óbvio que tenho certeza, certeza absoluta. E digo mais: se dermos muita sorte, vou encontrar astrolite já combinada. Nesse caso o galão vem até com um timer analógico e uma cápsula de azida pra ignição retardada. Apesar de que isso não fará a menor diferença, já que ela vai explodir no choque com a parede.

— Imagina comigo... — Zero puxou a guimba três vezes, soprou a fumaça para cima e ofereceu a Katon. — Consigo visualizar o barco de controle remoto arrebentando a antena, seguido do estampido oco do rifle lançando a tirolesa da bomba no edifício. Sério, confio muito em você e no seu potencial. Vamos fazer coisas grandes juntos... Ah! Já estava esquecendo. Tome!

— Envelope selado à cera?

— O plano é compartimentalizado. São os movimentos para depois da minha descida. Por favor, só leia após eu deslizar pela tirolesa. É sério, precisamos de cem por cento de atenção nessa etapa. Em hipótese alguma leia antes da hora. Como meu braço direito, no fim das contas, eu confio só em você, Katon. Obrigado por tudo, de verdade. Pode fumar esse, já estou tranquilo.

Katon esboçou um sorriso indiferente e guardou as instruções no bolso, sentando-se com as pernas cruzadas. Enquanto Zero seguia com os detalhes finais da operação, começou a refletir a respeito de muitas questões, em especial o dia da escolha do novo comandante.

— Ouviu o que eu disse?

No dia em que o antigo líder sucumbiu à febre tifoide, Katon presumiu com certo grau de certeza que seria indicado à liderança, justamente por ser um membro antigo que sempre contribuiu para a comunidade. Ledo engano. Outro evento fresco em sua mente foi o dia em que Zero chegou desmaiado sobre um pedaço de madeira à deriva. Ao acordar, tratou logo de ser útil de vários modos, e, mesmo que um tanto reservado e discreto, conseguiu estabelecer relações amigáveis com várias pessoas-chave do grupo em um período curtíssimo. Na primeira semana, chafurdou na pilha de veículos aquáticos defeituosos e consertou vários *hovercrafts* inoperantes. Uma fantástica primeira impressão que recebeu uma calorosa salva de palmas. Certa noite, no fim do jantar, de forma súbita e perspicaz, Zero parecia ter percebido seu valor agregado e tratou de angariar a amizade do restante dos membros com uma alta dose de sinergia. A personalidade dominante e implacável trajada numa armadura de humildade (com nuances de empatia e gentileza) manuseava o respeito como uma arma letal para impor sua vontade de maneira suave, neutralizando silenciosamente as individualidades que poderiam ser problemáticas no futuro. De qualquer forma, àquela altura, ambos sabiam que a aura de confiança inquestionável, consolidada a passos de pombo, predominava pelas entrelinhas.

— Hey, está tudo bem?

Talvez, refletiu Katon, tenha errado ao se conformar com o desfecho e esquecer suas ambições.

Segundos após a destruição do nono andar, um estrondo seco ecoou pelo silêncio da noite. Assim que a cortina densa de poeira e fumaça começou a se dissipar, o Presidente, que estava no 11º andar na hora da explosão, desceu as escadas devagar e adentrou pelos escombros com uma Magnum 357 empunhada, tendo Mya à sua frente como escudo. A quietude macabra indicava apenas uma coisa: todos que estavam próximos da parede frontal foram mortos por algo desconhecido que veio de fora.

— Me fala se vir algo, menina. Não enxergo nada — sussurrou.

Uma das muitas habilidades neuromórficas adquiridas era a polarização do espectro visual. Com a captação do calor, Mya já havia detectado duas leituras, uma a uns 60 metros de distância e a outra a sete metros, ao lado de uma linha de aço ancorada no meio da sala. *Zero cumpriu a promessa*, pensou. De imediato, seu coração palpitou com a possibilidade de o marido ser alvejado e, sem hesitar, girou o corpo e arrancou o revólver com uma das mãos, tapando a boca do Presidente com a outra para inibir quaisquer gatilhos de voz.

— Mii, é v-você?

No momento em que ouviu a voz familiar, Mya pôs o cano na nuca do Presidente e o conduziu devagar em direção ao centro do local. Cada passo até ele parecia transpor éons de distância. Assim que Zero baixou os óculos de proteção, franziu a testa cético do que seus olhos vislumbravam.

— Mii, o que a-aconteceu com...

Outra explosão nas proximidades criou um clarão intenso que fez a estrutura tremer. Num ínfimo instante, o Presidente aproveitou a distração e arrancou a arma de Mya, empurrando-a para frente ao mesmo tempo em que andou na direção de Zero atirando e gritando:

— DESLIGAR! DESLIGAR!

Antes que Mya pudesse dar o próximo passo, o segundo cérebro foi implodido, fazendo-a tombar sem vida aos pés de seu amado. Os olhos travados não permitiam sequer indicar quais eram os últimos sentimentos. Atônito, Zero cambaleou com um buraco ensanguentado no abdome, observando a mulher que o motivou a tudo aquilo sem saber o que doía mais, devaneando explicações plausíveis para a monstruosidade feita com ela. Confiante e espumando de ódio, o Presidente guardou a arma na cinta e chutou o cadáver de Mya. Em seguida, pinçou o queixo de Zero com gentileza e disse:

— Que desperdício... — Abriu o bolso do colete de Zero e colheu um dos cigarros. — Minhas noites eram tão mais gostosas com ela. Veja bem... olhe o lado bom: pelo menos, nenhum de vocês vai morrer sem a presença do outro — disse enquanto tateava em busca do isqueiro.

Enquanto ele tagarelava, Zero, que já havia destravado lentamente o *hanko*, com o último resquício de força, enfiou-o na boca do Presidente, atirando o peso do próprio corpo para travar a mão na goela do velho.

— Todos, meu amigo, morrem sozinhos.

[UM CADÁVER FLUTUANDO COM UM BILHETE DENTRO DE UM ENVELOPE SEMI-INCINERADO NO BOLSO]

O terceiro tiro não será necessário.

POR QUEM AS FACAS CORTAM
A. M. Ramos

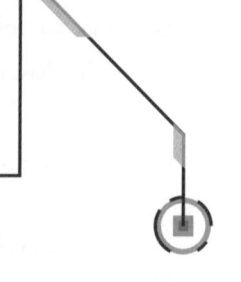

Uma única palavra estava escrita no envelope que Brian encontrou em seu quarto pela manhã: CAÇA. Suspirou e se jogou na cama. *Ainda bem.*

Ele foi o último a chegar no refeitório. Mesmo assim, havia mais cadeiras livres do que ocupadas, diferente dos primeiros dias. Brian preparou um sanduíche e sentou-se ao lado de Laura, que se ajeitou na cadeira e continuou a olhar para a mesa.

— Fazia tempo que não te via com essa tiara.

— Como assim? É a primeira vez que eu a uso. — Laura moveu momentaneamente os olhos na direção dele.

— Que estranho. Tenho certeza de que já te vi com ela antes — Brian franziu a testa e passou a mão no queixo.

— Bom, não viu — ela comeu um pedaço de omelete.

— Sabe, a probabilidade de um de vocês ser o Caçador é de dois terços. Já pensaram nisso, pombinhos? — Levi bebeu um gole de café sorrindo.

— Não comece com seus joguinhos — retrucou Brian.

— Ele tem razão — disse Laura.

— Não! Mesmo se eu fosse o Caçador, jamais faria algo contra você.

— Ah, é? Então você vai me matar? — Levi sorriu de forma sarcástica.

— Não, eu não pretendo matar ninguém.

Laura se encolheu na cadeira e colocou o prato de lado. Levi gargalhou.

— Você é burro? Se o Caçador não matar alguém em até um dia após o anúncio, ele e metade dos participantes restantes vão ser executados. Seria como apostar a vida da Laura no Cara ou Coroa!

— E por que temos que nos submeter a este jogo? — esbravejou Laura, cabisbaixa. — Não temos mais que fazer o que eles querem!

— Ei! Nós vamos sair daqui juntos — disse Brian.

— A hipocrisia de vocês é hilária. — Levi ainda sorria. —Vocês assistiram calados enquanto os outros morriam, e agora querem ser os defensores da ética? Guardem isto na cabeça: ninguém sai deste jogo vivo e inocente. É um ou outro.

Como quem relembra uma cena de um filme que viu na infância, Brian viu Laura – ou era Karla? – tirando do seu peito uma faca ensanguentada, com os dentes cerrados e a tiara roxa no cabelo ruivo. Como isso seria possível? Eles estavam tomando café há um segundo atrás. Ainda em choque, olhou pra baixo, levou a mão ao peito, mas não viu nenhum sangue e não sentiu qualquer ferida. Esfregou os olhos e viu Laura novamente na mesa ao seu lado, com a tiara no cabelo loiro.

Laura se levantou e deixou o refeitório. Levi bebeu seu café e saiu. Brian, refletindo sobre a conversa, recolheu as louças usadas pelos três. Na cozinha, colocou na pia três xícaras, três pratos, três garfos e duas facas.

Com a casa tão vazia e sem possibilidade de contato com o mundo exterior, era difícil saber como matar o tempo. Era proibido ficar nos quartos até o final da rodada.

Na saída do refeitório ficava a sala de estar, onde cada detalhe trazia consigo uma lembrança: a escada de onde Amanda fora jogada para sua morte; a catana, pendurada na parede, encontrada atravessada no abdome de Carlos; o sofá amarelo que tinha uma mancha vermelha do dia em que Maria fora encontrada nele sem vida. Tudo isso em um só cômodo. No total, 12 deles já haviam morrido.

"Restam vinte horas", anunciou uma voz nos alto-falantes.

A cada rodada que Brian sobrevivia, ele se perguntava se valia a pena. Era muito dinheiro, o suficiente para resolver os problemas de sua família, porém ao custo de participar da morte de outros cujas famílias iriam sofrer ao ver o fim pela TV. Não queria que ninguém morresse, mas não podia negar que parte dele torcia para ver um dos outros mortos ao final da rodada. E isso tudo apenas para o divertimento de pessoas que assistiam ao jogo do conforto de seus sofás, enquanto eles lutavam por suas vidas.

Ele havia aceitado participar, mas alguém podia mesmo compreender com que estava concordando ao entrar nesse programa?

Restavam apenas três. O Caçador só poderia ser Laura ou Levi. Laura não seria capaz de matar alguém, mas Levi? Ele caçaria a própria mãe se precisasse.

A visão de Brian escureceu e em um instante ele se viu no armazém, cuja decoração parecia diferente do que ele lembrava. Em sua mão, um taco de beisebol manchado de vermelho. À sua frente, de costas no chão, um homem magro, de cabelos pretos, com uma fratura exposta na perna esquerda, ferimentos no rosto e sangue escorrendo pela boca se arrastava, tentando se afastar, olhando aterrorizado para Brian.

— Por favor, não faça isso! — chorou o homem desconhecido.

— São as regras, Shiv. Você e eu sabíamos quando entramos no jogo.

— Eu tenho dinheiro lá fora! — disse Shiv. — Te dou tudo, faço qualquer coisa. Vamos nos unir. Eu te ajudo a pegar alguém... a Olivia! Isso! Eu posso agarrá-la, e aí... e aí você a acerta com esse taco de beisebol. Isso! Por favor, eu não posso morrer aqui. Por favor, Arthur!

— Eu poderia dizer que isso não vai me trazer prazer algum, mas estaria mentindo. — Ele sorriu.

— Não! — gritou Shiv. — Seu desgraçado! Eu me recuso a morrer aqui, eu me recu... — o taco de beisebol o interrompeu.

Brian chacoalhou a cabeça e voltou a si. *Shiv? Olivia?* Não havia ninguém com esses nomes entre os participantes. *Ele me chamou de Arthur?* Fora a segunda visão bizarra do dia. Ele sentiu lágrimas escorrendo de seus olhos, mas elas eram estranhamente espessas. Esfregou as costas da mão no rosto e foi para o jardim.

"Restam 13 horas."

Um grito veio de dentro da casa. *Laura!* Foi como nas outras 12 vezes. Brian disparou em direção à sala. Ninguém estava lá, mas, em outro lugar, uma porta foi batida com força. Seu coração não cabia na boca. Quase arrebentou as portas do armazém, onde havia todo o tipo de alimentos, utensílios ou equipamentos que pudessem precisar, porém, nada de Laura ou Levi. Ele não pensaria na catana, na escada, no taco de beisebol. Não. Laura estava bem, ela tinha que estar. Na sala de jogos havia mesas, videogames e outras distrações que quisessem, só que nada mais tinha sido divertido após a primeira morte do jogo. Jeniffer – ele jamais esqueceria o nome dela ou os dos outros.

— Brian! — O grito de Laura ecoou no corredor.

Eles só podiam estar na sala de cinema, que já era espaçosa para 15 e ficou desproporcional com apenas três deles. Ele disparou a toda velocidade e se jogou contra as portas da sala. Mesmo com pouca luz, pôde ver, na frente do telão, que Levi estava deitado no chão ao lado de uma cadeira quebrada, com uma vívida mancha de sangue na camisa. Com o braço esquerdo, segurava o pulso direito de Laura, que estava em cima dele e fazia força com uma faca na direção de seu rosto, o braço direito lutando contra o esquerdo dela.

— Me ajuda — gritou Laura —, ele é o Caçador! Ele tentou me matar e eu... argh! consegui roubar a faca dele!

— Ela me atacou do nada — retrucou Levi, com dificuldade. — Ela é a Caçadora!

— Brian, olha pra mim! Eu não vou aguentar muito tempo. Você sabe do que ele é capaz — gritou ela, sem tirar os olhos de Levi. —Vamos vencer juntos!

Brian estava petrificado. Seu coração metralhava o sangue para o corpo, que parecia pesar uma tonelada.

— É mentira! Acredita em mim — gritou Levi. —Você estava certo, não vale a pena matar por este jogo idiota. Me ajuda e vamos sair daqui!

—Você sabe que ele vai te matar na primeira chance que tiver. Não deixe ele te enganar — advertiu Laura.

Brian não conseguia correr, mas andou, hesitante, até eles; seus dedos ricocheteavam nas mãos e suas pernas pareciam envolvidas em concreto sólido.

Ele hesitou ainda mais, porém, respondendo a um grito de dor de Laura, pisou no ombro de Levi, libertando a mão direita dela, e ela gritou enquanto enfiava a faca com força na cavidade ocular de Levi, sangue respingando em seu rosto.

Brian a ajudou a se levantar e a acolheu num abraço quando percebeu que ela tremia pela adrenalina.

— Acabou, Laura. Vamos sair daqui.

Ao perceber um movimento rápido do braço direito de Laura, Brian a soltou e pulou para trás, caindo sentado, mas não antes de a lâmina passar na lateral de seu pescoço. O corte, porém, não foi fatal. Com a mão direita, pressionou o ferimento.

— Por quê!? — Ele não podia acreditar.

— Eu não posso perder — chorou ela. — Vão matar a minha filha se eu não pagar o que devo.

— Mas a gente ia sair daqui juntos!

— Não seja ingênuo! O jogo é feito para uma pessoa sobreviver no final. O que você acha que acontece quando restam apenas dois participantes?

A fala dela era tão lógica quanto cruel.

— Não olhe pra mim como se eu fosse algum tipo de monstro! — Laura tinha lágrimas inundando o rosto. — São as regras do jogo que nós dois aceitamos.

Ela ergueu a mão com a faca apontada para Brian, que chutou o joelho da perna de apoio dela, fazendo-a gritar e cair de cabeça no chão. Antes que ela pudesse se levantar, ele se jogou por cima dela e a sufocou com o braço. Laura grunhiu, chorou, gritou e se debateu durante mais de um minuto, reduzindo de forma gradativa a intensidade. Brian mantinha a pressão e repetia soluçando, *desculpa, desculpa...* Ele só soltou o pescoço dela após o último de seus espasmos, já sem força.

Brian se deitou, chorando copiosamente, ao lado dos dois corpos.

— É isto que vocês queriam? — gritou, olhando para o teto.

A *Marcha Triunfal*, de Beethoven, tocou nos alto-falantes e as luzes se acenderam. Uma voz – a mesma dos anúncios pré-gravados e sem emoção – gritou, eufórica:

— Temos um campeão! Briiian Sullivaaan. — Foguetes explodiram do lado de fora.

— Dirija-se ao auditório, que agora pode ser acessado pela sala de estar.

A música com melodia heroica, as luzes e os foguetes contrastavam com Brian, que não tinha qualquer sentimento de sucesso ou vitória. As palavras que ele ouvira mais cedo naquele dia ecoavam na sua cabeça: "Ninguém sai deste jogo vivo e inocente. É um ou outro".

Lembrando-se da família, que ao menos agora poderia ser salva com o dinheiro da vitória – por mais sujo que fosse –, ele se levantou e seguiu mancando até o auditório. Um homem alto usando um terno azul-marinho e com um microfone na mão aguardava-o com um sorriso no rosto.

— Uma salva de palmas para o campeão do Dia do Caçador!

Brian olhava para todos os cantos da sala, mas não tinha ninguém lá além dos dois. O homem continuava a sorrir.

— Venha comemorar com sua torcida, Brian!

— Mas não... — Ele não sabia como reagir.

— Todas essas pessoas estavam torcendo por você! Como você se sente vendo enfim a porta da saída bem na sua frente?

— Minha família... onde está a minha família?

— Ah, sim... a família! Vamos ver como eles estão. Olho no telão!

O telão mostrava o interior do que parecia já ter sido a casa de uma família um dia. Plantas crescendo a partir da pia e dos armários, o ar empoeirado, janelas e portas quebradas, um sofá com o estofado destruído e a mesa com uma perna quebrada.

— Que merda é essa? Cadê a minha família? — esbravejou Brian.

O sorriso do apresentador deu lugar a uma expressão sem emoção.

— Não acredito... de novo? Equipe de reparos e de segurança, entrem por favor. Temos mais uma unidade com defeito.

Da porta ao lado da saída, quatro homens sem rosto e de medidas iguais apareceram, dois de pele cinza tatuada com a palavra MECÂNICO e dois de pele azul com SEGURANÇA escrito e carregando uma espécie de pistola.

— O que diabos são essas coisas?! — Brian deu um passo para trás.

— Você está com defeito, então vamos te ajudar. Eu entendo que você esteja confuso, mas vou te explicar tudo.

— Defeito?

—Você e os outros participantes são androides construídos para este show. Eu e as unidades que você vê aqui também. Todos com seu papel. Os participantes recebem uma aparência, nome, personalidade e até história de vida e, ao final de cada edição, são consertados e remontados com diferentes características. Porém alguns de vocês começaram a apresentar defeito.

Brian olhou para trás. A porta pela qual entrara estava fechada. Puxou do bolso a faca que Laura usara para matar Levi e a segurou na frente do corpo.

— Androide? Que história é esta? Minha mãe é faxineira e se chama...

— Brian, Arthur, Fernando, Zhang, você já foi todos eles. Esta é a edição 153 deste reality show.

— Não! Eu me lembro da minha infância, eu lembro de...

— Suas memórias são o que o algoritmo escolheu no início da rodada — interrompeu-o de novo o apresentador.

—Você disse *Arthur*... Já houve um participante chamado Shiv? E Karla? — Brian levou a mão esquerda ao cabelo enquanto a direita, trêmula, ainda segurava a faca.

— Deixe-me ver... Sim. Karla o matou na edição 30. Era a mesma unidade que foi chamada de Laura nesta edição. Você, como Arthur, matou Shiv na cento e dois. Por causa do seu defeito, deve ter memórias residuais de outras edições... mas nós vamos consertar você. Vai ficar tudo bem.

Brian balançou a cabeça numa negativa.

— Não pode ser. As pessoas assistem a esta aberração? Quem organiza isto?

— Bem, para as pessoas de casa, vocês são de fato pessoas. Nossa audiência foi um sucesso até a edição 21, mas caiu para a metade na seguinte. Foi quando a direção falou conosco pela última vez. Eles nos disseram que a audiência diminuiu, pois uma guerra nuclear eliminou dois bilhões de pessoas e eles não sabiam quantas mais iriam se perder no inverno nuclear, mas que deveríamos fazer edições cada vez mais emocionantes. Nas últimas 130 edições, nossa audiência foi de zero pontos, então continuamos tentando variar a cada edição para recuperá-la.

O apresentador apontou para o telão. A poeira no ar fazia com que quase não fosse possível ver os prédios ao fundo da imagem. Vários carros em colisões ou quebrados nas ruas. Um ônibus tinha plantas por dentro e por fora das janelas estilhaçadas e a frase DO PÓ AO PÓ pichada na lateral. A imagem mudou para algo que lembrava um bar: um balcão destruído e empoeirado, a prateleira com garrafas quebradas, mesas e cadeiras ao chão, junto às roupas e aos ossos, que pareciam pintados da cor da poeira.

— Então nós estamos nos conhecendo, apaixonando, traindo, matando e lutando pelas nossas vidas, de novo e de novo, em nome do entretenimento de pessoas que provavelmente já estão mortas há mais de cem anos? — Ele chorava e gargalhava enquanto olhava para o apresentador, que estava entre ele e a saída.

Brian correu, derrubou o apresentador e fincou a faca no rosto dele, que sangrou um líquido viscoso azulado. Os androides de segurança dispararam na sua direção. Antes que pudesse retomar a corrida para a saída, um deles quebrou, com um chute, seu antebraço e o outro o segurou pelas costas. Enquanto era erguido, Brian conseguiu pegar a pistola da cintura do androide com a outra mão.

— Se não posso sair, pelo menos não vou mais ser usado neste jogo doentio — disse, com a arma apontada para a própria cabeça.

Brian puxou o gatilho e o mundo ficou escuro e silencioso.

Uma única palavra estava escrita no envelope que Max encontrou em seu quarto pela manhã: CAÇADOR. Ele sorriu ao ler.

A LEI MONROE
Gustavo Benitez Ribeiro

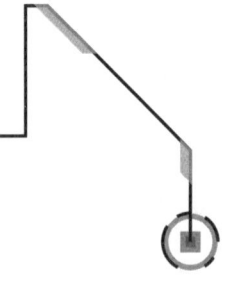

Era injusto tratar a inteligência dos robôs AR-X como artificial. Os modelos evoluíram a ponto de se equipararem aos seres humanos, tanto no quesito inteligência quanto na interação social. A diferença é que a evolução desses modelos se dava de forma muito mais veloz e sistêmica em relação aos modelos anteriores, deixando até mesmo a Lei de Moore, que dizia que o poder de processamento dos computadores dobraria a cada 18 meses, totalmente ultrapassada se comparada à evolução dos modernos AR-X. Foi a partir dessa evolução que surgiu o robô-juiz.

O robô-juiz foi criado pelo parlamento misto equalitário, composto por homens e robôs. Ele não era um simples androide, mas sim um sistema de softwares interligados pela telerrede, alimentado com todo o ordenamento legal de Alpha Zero, além dos históricos jurisprudenciais de toda a Terra. Sendo ainda necessário, consultava todo o sistema Alpha-Pedia, onde estava disponível a história da cidade, bem como de toda a humanidade e roboticidade.

O sistema de softwares foi implantado em dois modelos AR-X, os quais atuavam nas cortes de Justiça Sul e Norte. Esta última já estava em vias de desativação, pois a população humana remanescente havia diminuído de forma considerável, sendo desnecessária sua manutenção. Conectados nas telerredes, os robôs-juízes tinham acesso a todos os casos para inferir sobre sua decisão. A sentença saía em poucos instantes e, uma vez que a decisão deles era isenta de erros e não comportava recursos, o culpado já recebia a pena imediatamente. Não se sabe de quem partiu a ideia, mas especialmente o robô-juiz da corte Sul trazia um ar anacrônico de um magistrado humano. Peruca de cabelos brancos encaracolados feita com fios de cobre tingidos e uma longa manta negra de metal mole que recaía sobre seus ombros até a cintura davam um ar de juiz ao robô. Um martelo de aço polido, que lembrava em muito a extinta madeira, mas que nunca fora usado, compunha o aparato final.

Invariavelmente, o robô-juiz cuidava de casos em que apenas humanos eram réus, seja em conflitos entre os homens ou em conflitos onde robôs haviam sido atacados, uma vez que os robôs, uma vez efetivamente programados com as Leis de Ética e Proteção Robótica, não cometiam atos ilícitos.

Na megalópole de Alpha Zero, uma das últimas cidades onde se havia notícia de humanos, quiçá a última remanescente 150 anos após os eventos catastróficos que recaíram sobre a Terra, a atividade dos robôs-juízes havia diminuído significativamente os conflitos e a criminalidade.

Não havia, contudo, o que comemorar. A diminuição abundante da criminalidade não significava isenção. Ainda havia um índice que incomodava e, por menor que fosse, causava um grande risco à ínfima população humana, que sobrevivia dentro das grandes muralhas de Alpha Zero. E, claro, ainda ameaçava a sociedade humano-robótica como um todo, pois as máquinas também eram alvo de depredações.

Foi, enfim, de um humano que partiu a tentativa de sanar a situação. O parlamentar humano Monroe propôs uma significante e audaciosa alteração legislativa para o parlamento-misto: a inclusão da pena de morte no ordenamento legal de Alpha Zero, abandonando as diretrizes fundamentais da robótica, revogando as três diretrizes da Lei Centenária dos Homens e Robôs e reprogramando tais alterações junto ao sistema das telerredes. Esta proposta legislativa foi chamada de A Lei Monroe.

A aprovação de leis que versassem sobre garantias fundamentais dos direitos humanos, tal qual a chamada Lei Monroe, somente aconteceria se houvesse a aprovação em maioria simples de votos humanos. Sendo o parlamento-misto composto por 144 membros, 72 humanos-parlamentares e 72 robôs-parlamentares, a aprovação somente ocorreria se todos os humanos-parlamentares votassem a favor, e um robô-parlamentar se ausentasse. Para dar tratamento paritário às leis que versassem sobre questões essencialmente humanas, um robô-parlamentar era sempre escolhido para deixar de votar.

A aprovação da lei trouxe um problema imediato. A população imputou ao parlamentar Monroe uma prática de conluio com os robôs, uma vez que o texto da lei versava tão somente sobre a morte de humanos. Monroe foi a público e explicou que, contrariamente ao que acreditavam os homens, o objetivo da lei era essencialmente preservar a vida humana, cuja escassez era evidente após as chagas que a sociedade sofreu no sesquicentenário pós-guerra. Os homens estavam cortando na própria carne, o que fatalmente levaria a humanidade à extinção.

Certamente que a aprovação da Lei Monroe foi uma medida desesperada. Os humanos-parlamentares não podiam aceitar que, já em menor número na cidade, ainda sofressem com a criminalidade, praticada essencialmente contra eles próprios, causando mortes que custariam o fim da raça humana. Portanto, exigia-se medidas drásticas.

A Lei Monroe permitia a execução, mas Monroe acreditava que ela jamais fosse colocada em prática, já que a intenção principal era causar temor, evitando a banalização do crime. Monroe estava errado. Os atos ilícitos ainda ocorriam e, assim, crimes contra a vida – na forma de tentativa – ou os efetivados eram sancionados com a execução.

Na megalópole de Alpha Zero, os humanos eram chipados para que houvesse um controle populacional sobre saúde, contagem, etc. Segundo a última contagem, havia 932 humanos apurados com o chip. Já a contagem dos robôs era imprecisa. Estimativas davam conta de que havia mais de dois milhões de AR-X.

As notícias de vida fora das muralhas da cidade eram cada vez mais escassas. Missões de busca dos robôs-resgate ocorriam em intervalos de tempo cada vez maiores. Quando os sensores da megacidade captavam um sinal de vida nos arredores, os robôs-

-resgate eram enviados e, quando traziam a pessoa, esta geralmente estava completamente em frangalhos – o respiro de vida por um fio. Alguns sobreviviam. A maioria, não. Mas há tempos nenhuma notícia de vida era recebida do exterior. Os robôs-resgate foram modificados para outras tarefas, e nunca mais foram utilizados para o trabalho ao qual foram desenvolvidos.

Geralmente, as pessoas vinham das ruínas das cidades-satélites motivadas pela lenda de Alpha Zero como último refúgio de sobrevivência. Mas, com as comunicações interrompidas e sem sistemas de navegação, os sobreviventes caminhavam por dias, até meses, a esmo, sem saber que rumo tomar. As cidades-satélites foram abandonadas no pós-guerra e quem pôde se refugiou em Alpha Zero. Foi graças aos robôs que a cidade sobreviveu. As máquinas se concentraram na cidade, resgataram os humanos que encontraram no caminho e construíram as enormes muralhas que protegem a sociedade ali dentro. Claro que um ar de gratidão ficou entre os humanos, pois a chamada Guerra dos 150 anos demonstrou que não sobrou mais nada fora dos muros. O tempo todo em que o combate prevaleceu, os humanos apenas lutaram para se manter e, quando a guerra cessou, não havia vencedores. Porém, os poucos resgatados das ruínas das batalhas traziam mágoa e fúria dentro de si. Ao se verem acolhidos em Alpha Zero, quiseram continuar lutando, o que elevou a criminalidade dentro dos portões, sendo necessárias decisões extremas.

O próprio parlamento-misto era uma demonstração de como o crime prejudicava a cidade. Estava cada vez mais difícil encontrar homens íntegros para compô-lo. A criminalidade atingiu duas frentes: os próprios homens e as máquinas. Mas os humanos sempre sofriam mais. São seres perecíveis e, ainda com os avanços da medicina, não tinham o status de vida *ad eternum*. Por sua vez, os robôs tinham um destino diferente. Sua durabilidade era invariavelmente muito superior à média de vida humana, sem contar com a capacidade de autorreparação, o que lhes dava uma sobrevida cuja duração era incalculável. Era basicamente por isso que os AR-X mantinham os ultrapassados AR. Para repará-los.

Assim, era uma batalha constante encontrar íntegros 72 humanos para ocupar o parlamento-misto, enquanto nas ruas alguns parcos ainda insistiam em sobreviver à mercê da sorte na caótica vida da megalópole.

Caso a caso, os juízes sentenciavam, condenando à morte. Mas tais sentenças tiveram um efeito contrário. Uma revolta dos humanos restantes começou a incomodar o parlamento. Uns atacavam os outros e o robô-juiz, em sua frieza, seguindo a lei ao pé da letra, apenas decretava a punição, não se importando com o fato de que estava causando um genocídio. Não era seu papel. Sua tarefa era cumprir a lei.

Monroe então viu que a situação havia fugido do controle. Com a Lei Monroe, o crime deixou de existir, mas as execuções aumentavam a cada dia. Um a um, os humanos foram sucumbindo.

Tardiamente, Monroe notou que, para evitar a extinção da raça humana, a lei deveria ser revogada, e pediu uma plenária junto ao parlamento. Contudo, o parlamentar robô AR-X 17898 assim informou:

— Monroe, nossa lei é extremamente rígida. O robô-juiz age dentro do programado. Temos apenas 70 humanos-parlamentares contra 72 robôs. Só podemos tirar um robô, portanto, não haverá maioria humana. Não restou mais ninguém fora do parlamento.

— Também não podemos retirar mais que um robô da votação — disse o parlamentar-robô AR-X 88999. Não podemos novamente ir contra a Lei Centenária dos Homens e Robôs. Foi ela que nos protegeu e nos garantiu que chegássemos até aqui sob a proteção das muralhas de Alpha Zero.

Monroe tremeu. De fato, a lei era irrevogável. Não havia como sancionar a lei que permitia a execução dos humanos. Movidos pela revolta, na sequência à fala do robô-parlamentar, instantaneamente 13 humanos-parlamentares tentaram atacar Monroe, mas foram impedidos pelos robôs-parlamentares, cuja força superior e programação lógica evitou o delito. A contenção, contudo, não foi suficiente para que o robô-juiz entendesse o ataque como uma tentativa de assassinato, o que ocasionou no julgamento e execução dos 13 parlamentares humanos.

Um a um os humanos foram caindo. Muitos, ainda com o sangue preenchido pela fúria que a guerra causou, atacavam uns aos outros. A guerra que outrora existira somente fora dos paredões da cidade agora eclodira do lado de dentro. A diferença, daquela vez, é que não chegou nem perto de um século e meio. E, quando a poeira abaixou, só se viram ruínas, robôs íntegros e dois homens. Apenas dois exemplares humanos restantes.

No parlamento misto ocorreu aquela que seria a última plenária, uma vez que oficialmente o parlamento estaria dissolvido, já que apenas Monroe e Lázaro compunham o quórum humano, e, para os robôs, era desnecessário o encontro físico para as tomadas de decisões.

— Declaro aberta a última sessão deste parlamento — anunciou o robô-parlamentar que presidia a sessão.

Lázaro mal pôde aguardar as formalidades:

— Sr. Monroe. Vossa excelência esperava o que com essa lei? Estava do nosso lado ou das máquinas? — questionou em tom de fúria.

— Sinto muito. Você sabe que não era essa a intenção. Você mesmo votou a favor.

— Sim, mas nunca imaginei que as máquinas seriam reprogramadas com essa frieza toda. Olha à nossa volta. A humanidade restringe-se a nós dois. O que iremos fazer? Procriar entre nós?

Monroe estava visivelmente chateado. Abriu levemente a boca pra responder a Lázaro, mas as palavras não vieram. Cabisbaixo, empurrou sua cadeira para trás para poder sair do local.

— Não posso deixar isso assim! Você aniquilou nossa raça! — disse Lázaro revoltado.

Num gesto rápido, Lázaro retirou uma arma da cintura e deu um disparo na direção de Monroe, que se agachou atrás do robô-parlamentar AR-5888, anteriormente ao seu lado. O tiro atingiu o ombro do robô. Na confusão, Monroe pegou a pistola de laser do robô-parlamentar que estava à sua frente e atirou em Lázaro. O disparo atingiu o meio do peito e atravessou o corpo do parlamentar, deixando uma marca escura na cadeira de madeira. Parlamentares-robôs ao lado de Monroe o contiveram, pegaram sua arma e o prenderam.

— Você está sendo preso por ter infringido a Lei Monroe. A pena é a...

— Execução... — completou Monroe antes que o robô dissesse.

Monroe recebeu a sentença imediatamente, no próprio parlamento. Sem nenhuma cerimônia, um dos robôs-parlamentares aniquilou Monroe, que caiu morto sobre a própria cadeira, de onde havia votado pela aprovação da Lei. Morria ali o último homem vivo sobre a Terra.

Houve uma pequena pausa até que os robôs-parlamentares processassem o que havia acontecido. Todos pareciam aguardar um comando do robô-juiz, que permanecia inerte, enquanto buscava alguma informação na telerrede sobre o que fazer naquela situação.

Em seguida, como num ensaio orquestrado, os robôs ao mesmo tempo começaram a deixar o parlamento, mesmo sem ter para onde ir.

Após a saída de todos, o robô-juiz, solenemente, também deixou o local. Sem rumo, dirigiu-se até as muralhas e, na encosta do muro, olhou para trás e viu a cidade. À frente viu apenas um céu avermelhado e uma poeira que nunca baixava. E foi aí que percebeu que não havia mais razão para sua existência, tampouco, dos robôs.

Os robôs foram criados à própria semelhança dos humanos, pelos próprios humanos, para servi-los. Logo, não fazia mais sentido os robôs existirem, já que não havia propósito para a existência de tais seres sem seu criador. O robô-juiz sabia que, dentro da programação lógica dos cérebros robóticos, a Lei Centenária de Homens e Robôs tinha como único propósito a proteção dos humanos, e não dos robôs. Estes, por mais que possam ter programações lógicas que se assemelhassem à consciência, não eram seres vitais. Assim, percebeu o robô-juiz que seu propósito no mundo era insignificante. Sua existência e a de seus pares não fazia sentido algum sem os homens, pois a robótica dependia da resposta às necessidades humanas. Portanto, matando o último ser humano, os robôs também acabaram se exterminando.

O robô-juiz ativou a telerrede pela última vez e iniciou o protocolo de desativação dos robôs. Do alto das muralhas de Alpha Zero, pôde ver, um a um, os robôs caindo ao solo tais quais os humanos sucumbiram outrora.

Quando o som do metal batendo ao chão cessou, o robô-juiz se desligou. Talvez ele entrasse para a história como o último ser a ver algo no planeta Terra. Mas infelizmente, não havia mais ninguém que pudesse contar essa história.

AO NARIZ, DEDICO O PÓ
Gilmar Rodrigues

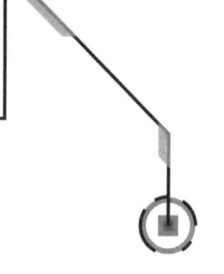

Um dia tornei-me insatisfeito com minha vida dupla: trabalhava numa agência de publicidade em Macade Avenue e estudava para colar grau na Universidade de COMri – cadeira de sexólogo e colecionador de lágrimas.

Durante o dia comia sopa de feijão vitrificado com bananas azuis e sorvia leite de cacto, era uma delícia. Corria sempre, mas ia devagar em pensamentos.

Chegava sempre atrasado e a MÁQUINA registrava, para descontar no mês, minha parcela de pílulas aeroeróticas.

Meu minitransportador estava descarregado (daqueles que a gente via na televisão do tipo PERDIDOS NAS ESTRELAS – essa volta ao passado é reconfortante). Tive de pedir urânio emprestado, por isso sempre me atraso, mas ela nem quer saber...

À tarde resolvi visitar o Museu da Solidão. Na porta, logo ouvi a voz: "Identifique-se/Seu número, setor, série".

Lá vou eu: Gramovix, 8888, setor Leste Sol Verde, série 97676797667799.

A porta se abriu, o piso correu e lá estava eu, na sala de Descontaminação.

Logo meus olhos se irritaram, pois o sol era amarelo e as cores variadas.

Meu coração com pilha atômica disparou; pensei ter um curto-circuito ou alguma válvula transistorizada queimada.

Imediatamente um carro-robô trouxe-me os óculos quadridimensionais infravermelhos para me acostumar ao local.

Tomei um aerobus na estrada Leroy King e, no momento em que o veículo alcançou um local isolado, desci e comecei a andar pelas pilastras negras. Era o entardecer e eu estava preparado para passar a noite no local. Levara pílulas energéticas, um blusão de couro de antílope voador e um capote grosso. Presenciei o pôr daquele astro amarelo. Quando a noite desceu repentinamente, como sempre acontece, deitei-me no chão de pedras e me ajeitei para passar as próximas horas debaixo das estrelas (ou embaixo, tanto faz). Vi o sol nascer assim como aquelas plantas de laboratório do Mercado Azul. O nascer do sol não ocorreu assim. Estava mais escuro agora do que durante a noite. E silencioso. Ouvi um grito, parecia duma ave e, depois, o barulho de um rio (aprendi no Centro Educacional o barulho das coisas antigas, nas aulas do professor Zecanty).

Era a primeira manhã da Criação.

Tomei algumas pílulas, ajeitei o blusão. Começava a esfriar. Parecia não existir mais nenhuma vida entre a noite e o dia. Levantei a cabeça e senti-me tonto pelo local. Devo ter perdido energia enquanto dormia....

Havia uma neblina. Tirei do blusão uma resina que meu falecido esperma-pai havia me dado para ocasiões como aquela.

O pó branco estava no fundo da lata metálica com uma inscrição no fundo dizendo: "Ao nariz, dedico o pó".

Agachei-me entre as pilastras: "Ao nariz, dedico o pó", lembrei-me.

Pó entre os dedos, os dedos ao nariz, esta era a operação.

O tempo se adiantou e as percepções aumentaram, as alucinações no instante imediato. Leve clarão no ar.

Tive impressão de estar sendo precipitado para longe. Lembro-me de ter agarrado as pilastras, pedras, estátuas, mas nada podia deter minha queda no espaço, lentamente a princípio, e em seguida com uma velocidade crescente. O chão se afastava e rodopiava. Galáxias inteiras desapareciam num piscar de olhos. "Ao nariz, dedico o pó", a frase não saía da cabeça. Perdi o medo. Havia a memória, somente a memória. Era imortal, transcendente, a morte perdera o sentido. Estava além das estrelas. Desliguei meu coração por instantes. Tão repentinamente quanto antes, eu estava de pé às margens do rio. Suava frio, mas sabia uma coisa: estava na minha casa do Universo inteiro. Um raio de sol brilhou por entre as pilastras e vi um homem. Homem? A cabeça era de cão, só o tronco era humano, tinha asas como Ícaro, pés grandes, garras afiadas. Sentia que balançava, pra frente e pra trás, como se seu corpo fosse um compasso gigante, rítmico, um metrônomo cósmico. Imaginei que seria doloroso parar de balançar e ficar parado. De pé entre os pilares parecia me olhar, embora a luz não me deixasse ver seus olhos. Deu um passo à frente e o sol iluminou uma pilastra que sua sombra havia escurecido. Caminhou na minha direção.

Colocou sua mão (?) no meu ombro e disse:

"Você se sentirá melhor, filho.

Levante-se e ande".

Pela expressão de seu rosto deformado, lembrou-me de meu esperma-pai.

"Dúvidas??????????????????????????".

Sua voz era macia, tom baixo e sonoro, como uma nota de órgão.

Sua mão apertou meu ombro com delicadeza. Pareceu-me uma mão colossal. As imagens agora eram do Mercado Azul, com seus vendedores de ervas medicinais. O barulho das ruas era intenso. Caras sujas, algumas com chagas profundas, as plantas nas mesas e no chão o pó. O PÓ O PÓ O PÓ ali estava… Vi, vi.

Logo do Mercado Azul, do Mercado AZUL, nem acreditava – não podia ser o local proibido pelo SISTEMA Z, as maravilhas do outro Mundo e proibidas pelo SISTEMA. Estava agora nesta rua e todos me saudavam, não entendia. Olhei para ele, ele sorria. A experiência era incrível, eu, esperma-filho de um esperma-pai vendedor de pó do Mercado Azul…

Um bloco de pessoas já estava ao meu redor, era um espécime diferente, de outro sistema. Fui conduzido a um altar. No centro, um enorme jarro com o pó dentro. Reunião de todos. Entregaram-me um pote pequeno com pó, eu estava incumbido de trazer mais visitantes a este local, em minhas viagens. Novamente só com aquele homem (meu esperma-pai!!!).

"Lá está o caminho de volta", apontando-me para longe. Eu podia sentir seu hálito. Era doce e limpo como de um recém-nascido (esperava sentir cheiro de fumo ou álcool).

"Vá até o rio e lave o rosto, a água é limpa".

O Sol nascera e brilhava agora em seus olhos, e não pude ver dentro deles, se eram azuis – ou podia ser o céu atrás de sua cabeça. Creio que balancei a cabeça e percebi que já não se encontrava mais ali, desaparecera como aparecera: no ar.

Novamente no Museu da Solidão.

A esteira rolante me conduziu até a porta. Estava na Macade Avenue. Dirigi-me apressado para meu alojamento, ansioso por contar minha viagem para alguém. Mas resolvi escrever, pois neste momento o alarme geral está tocando, será por minha causa? Talvez não tenha tempo de acabar de relatar o que aconteceu, talvez nem isto, talvez nem nada, nada, nada, nada, nada, nada. Minha pilha está ficando fraca fraca fraca fraca fraca fraca fraca. Ouço passos no corredor: patrulha de choque – como me descobriram?? Como gritar para alguém que existe em outro mundo????

Já estão à minha porta, gritam meu nome: Gramovix, Gramovix, Gramovix. Não vou atender, quero deixar ao menos um pedaço do relato neste papel e depois me mato: À MERDA COM O SISTEMA, À MERDA COM O SISTEMA.

Estão tentando arrebentar minha porta com seus raios laser. Corro para a sala, pego pedras meteóricas explosivas e espalho perto de mim. Já não posso mais sair. O barulho continua. Todo o SISTEMA Z está em meu alojamento; quanta honra!! Algumas pedras já explodiram e as chamas dominam meu alojamento.

A porta se quebra e novas explosões e eu estou a bater minha máquina *tac tac tac*. Os lasers apontados para mim e eu *tac tac tac tac tac tac tac tac tac tac tac* quase consumido pelas chamas.

Arrancam-me os cabelos e eu *tac tac tac tac tac tac…*

Arrastado, comido pelas chamas, meu berro no espaço vago, a multidão atrás de mim, eu um fora da lei, um herói, risos, risos, sorrisos…

Meu urro se levanta e digo as pequenas palavras:

Ao nariz dedico o pó…

AS CIDADES VERTICAIS
S. S. Rodrigues

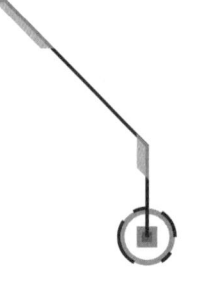

As cidades verticais se projetam magníficas no horizonte além dos muros da décima quinta, longe de toda a sujeira e, principalmente, do mau cheiro deste lixão onde vivemos. Lá, o futuro e o progresso – a prova de que a Inteligência Artificial foi capaz de solucionar grande parte dos problemas criados pelos humanos durante o terrível período de guerras que deram fim ao mundo como ele era conhecido –; aqui, a evidência dos remanescentes, as ruínas cáusticas daquilo que o mundo já foi. Quando o sol está se pondo, gosto de olhá-las, cidades que daqui mais parecem gigantescos arranha-céus cobertos de vegetação, um verde que chega até aqui, tão longe. Quase enxergo os moradores dentro dos elevadores que sobem e descem o tempo todo voltando para suas casas espaçosas, mesmo que cada edifício comporte milhares delas. Quando a imensidão de luzes vai sendo acesa nas casas com janelas de vidro e metal, penso em suas vidas felizes e despreocupadas, e quase me esqueço daqui.

Meu lixão, onde vivi toda a minha vida, é composto de dois conjuntos habitacionais de 15 andares, separados por um beco apertado que costuma ficar entupido de detritos: os restos jogados por nós, moradores do mundo que sobrou, que também fazemos parte do lixo e, com frequência, até mesmo nos jogamos nele para fugir desta vida imunda que em cada canto denuncia uma completa falta de significado. Aqui, em meio ao aço retorcido e os escombros, a terra está morta e a vegetação quase não cresce. Eu faço o caminho de volta atravessando a sucata, muitas vezes formada pelos restos dos corpos daqueles que desistiram desta vida, e já não respondo com nada além da indiferença que me consumiu. O braço de um corpo coberto por escombros parece querer me alcançar – o gesto de alguma forma mecânica, mas eu o ignoro. Sou feito de sujeira, fedor e mais nada.

Eu já entrei em contato com eles quando tentei colocar a minha família no programa habitacional. Sei como sua sociedade avançada e perfeita funciona. Lá, ninguém trabalha, e todos recebem uma quantia mínima suficiente para cobrir todos os seus maiores desejos de consumo. Também ninguém lá sente fome: toda a comida é trazida por containers autômatos e distribuída igualmente entre todos os moradores. Eles vivem em função do lazer, e os poucos rostos que eu vi pareciam felizes, diferentes dos semblantes sem vida dos meus vizinhos nesse buraco pútrido esquecido pelo mundo. Lá, eles se divertem por distração, para escapar do tédio cotidiano; aqui, tentamos nos distrair para sobreviver: para suportar a nossa realidade.

O programa social das Cidades deveria funcionar para todos, e dizem que existe estrutura para isso. Nos prometeram que os apartamentos já estariam construídos. O problema é que existem requisitos para morar na sociedade limpa, e um desses requisitos é estar livre de qualquer dependência química ou vício que te torne um ser humano instável. Minha mãe é viciada na Realidade Virtual, que foi criada pela IA no período de transição, durante as grandes fomes, antes do meu nascimento. Ela passa o dia inteiro deitada, com o visor nos olhos, vivendo em outro mundo. Eu já disse para eles mais de uma vez que se fossemos morar lá, talvez eu conseguisse fazê-la largar o vício, mas eles não aceitam. Tento explicar para ela como seria bom, nos breves momentos em que conseguimos conversar, quando estou dando comida ou ajudando com as suas necessidades, mas ela parece já ter se dissociado por completo desta vida de cá. Eu não a culpo. Meus amigos também jogam jogos dentro dessa Realidade Virtual, falam como é bom e me chamam, mas eu me recuso. Entendo como ninguém o desejo de fugir deste abismo, encontrar outra vida na qual seja capaz de ignorar esta vista, este odor fétido, mas eu me recuso. Vou continuar vivendo no lixo que conheço e ao qual pertenço, até que o corpo da minha mãe pare de funcionar de vez. Então poderei ser aceito como cidadão das cidades verticais, onde encontrarei uma família e viverei uma vida feliz. Eu vivo agora no pesadelo enquanto sonho com o amanhã, e no amanhã viverei meu sonho e esse passado não terá mais peso. Mas estou aqui agora. O corpo da minha mãe é um quase nada, feito de ossos e pele ferida. Duas vezes por dia mudo sua posição como posso, mas a tarefa se mostra difícil, uma vez que sua cabeça está sempre encaixada no visor da Realidade Virtual, e seu braço delicado está sempre conectado ao tubo de alimentação. Semana passada, quando limpava e trocava as ataduras das suas feridas expostas, descobri que ela já não sente dor nenhuma no corpo: sua mente abandonou completamente o mundo de cá. Das últimas vezes em que me respondeu, parecia não falar comigo, mas sim com um outro que fui em um passado distante. Suas frases soavam desconexas, como se estivesse sonhando esta vida de cá. Que seja mesmo pra ela apenas um pesadelo insignificante esta vida. Que ela viva até seu último dia acreditando que aquele monitor é a realidade. Eu fico aqui vendo seu sorriso, na máscara fraca que um dia foi seu rosto. Estou mesmo existindo no mundo sombrio da imundice e da solidão. Ela é quem vive, do lado de lá.

Quando ainda passava meu tempo separando a sucata, junto com os outros meninos que vivem no conjunto, muitas vezes nos aventuramos fugindo para a zona que chamamos simplesmente de Neblina, uma região altamente tóxica de onde os sobreviventes vieram. Pra mim, é claro, a toxicidade não faz diferença. É de lá que ele veio também, com a minha mãe, quando ambos fugiram das explosões atômicas que varreram o mundo. A Neblina e o lixão são separados por poucas quadras praticamente abandonadas, meu santuário do silêncio, afastado da nossa civilização esquecida, do nosso mau cheiro. Estive ali muitas vezes sozinho, quando não queria saber das cidades verticais nem da minha mãe e nem de nada. Ali costumava invadir as casas antigas ou o que sobrou delas, e procurava tesouros pessoais, segredos das vidas íntimas que um dia existiram. Retratos desbotados, de famílias sorridentes. Joias que já não possuem valor algum. Foi ali também que encontrei alguns dos androides que habitam as sombras, aqueles que outrora serviram os humanos que viviam aqui. Sem seus mestres, alguns deles continuam desempenhando suas funções para ninguém.

A moça da Assistência vem toda semana, desce pelo elevador particular conectado aos teleféricos lá de cima. Vem ser uma luz de pureza tosca no meio do lixão, como se fosse um anjo, e depois vai embora. Ela está sempre sorrindo e os outros gostam bastante dela, mas eu permaneço onde estou, e, quando ela conversa comigo, respondo apenas o necessário. Pareço ser o único que sabe que a sua educação é falsa e que, no fundo, ela nos vê como inferiores. Sei que ela está aqui só pra se sentir melhor, alimentando-se da nossa carência. De mim ela não terá nada, e se ela ficar preocupada comigo, então vou saber que essa preocupação não passa de uma história que ela conta pra si mesma, porque, na sua cabeça, ela é nossa heroína, e eu sou o problemático que um dia ela vai curar. Não fui eu quem colocou essa raiva em mim, e não vou ser eu quem vai tirá-la. Minha raiva vem do espaço que existe entre as duas cidades. Entre a limpeza e a sujeira. Minha raiva vem de estar aqui, e suspeitar que se eu estivesse lá também teria o mesmo sorriso falso que ela. Minha raiva faz crescer a vontade de as duas cidades deixarem de existir. Que tudo desabe. Que todos compartilhem a mesma dor, e então ninguém vai olhar pra ninguém com pena, porque todos serão iguais no sofrimento. Eu sonho em chamar os habitantes do lixão, em convocá-los para invadir as cidades verticais, causar a destruição que fará com que eles não sejam mais capazes de ignorar as nossas existências. Mas eu sei que só eu carrego este ódio, e com ele fico sozinho, em silêncio.

Quando não estou olhando para o horizonte, onde estão as cidades verticais, estou aqui, cuidando da minha mãe, que permanece deitada vivendo seu sonho eletrônico. Seu corpo já está desistindo, consumido pelas feridas e pela doença, e às vezes eu penso nele. Os dois vieram juntos de além da Neblina, mas ele não sobreviveu. Para tentar curá-la da sua depressão, deram para a minha mãe uma cópia do menino, mas eu não fui o suficiente porque apenas parecia com ele, mas não era o mesmo. "Ele tem olhos vazios", ela dizia. Meus olhos estão mesmo vazios. Sinto vontade de chorar, mas lágrima nenhuma escorre. Pode ser a raiva, a injustiça, a tristeza, a desesperança, pode ser tudo. Só sei que abraço o corpo da minha mãe, que não sabe que estou aqui. Quero dormir, e sonhar com uma vida melhor, longe disso tudo. Mas ainda estou desperto, ainda estou aqui, e se tivesse sido programado para chorar, eu o faria.

Eu não entendo minhas decisões que se sucedem, porque elas vão contra toda a minha programação. Acho que é o que acontece com androides quando encontram um impasse moral que vai além da natureza do bem e do mal. Eu amo a minha mãe, e é por amá-la acima de tudo que aperto o seu pescoço, frágil como um filhote de pássaro, sem penas. Não demora muito. Seus braços quase não têm resistência, e tudo termina. Eu removo o visor e fecho seus olhos. Ela ainda tem a mesma beleza daquela mulher forte e decidida que conheci. Eu beijo sua testa e me despeço, porque sei que vou atravessar o lixão pela última vez. Meus pés descalços caminham pela terra descampada, onde o cheiro vai ficando cada vez mais fraco, até desaparecer. As luzes da cidade estão ficando cada vez mais intensas agora, como se ainda fosse dia. Escuto o barulho agradável dos containers autômatos se locomovendo muitos metros acima de mim. Todas as máquinas desta região estão vagarosamente preparando o dia seguinte dos moradores da cidade, que dormem tranquilos.

Eu sei que serei aceito, porque agora estou sozinho de fato. O conjunto habitacional mais próximo é o que possui sinalizações amarelas, e ele se torna cada vez maior e impossivelmente elevado na minha visão, mas, para chegar até ele, preciso atravessar uma região repleta de praças e parques, cheios de vegetação bem aparada e animais robóticos, os quais despertam com a minha presença e logo depois voltam a dormir, desinteressados. Nas ruas correm máquinas de limpeza e eu paro pela primeira vez, deixando-as passar, e ali fico por um momento, contemplando o monumento de vidro sem fim, com a cabeça jogada pra trás para ver até onde vai, perguntando-me quantas pessoas vivem apenas neste conjunto e em qual dos andares eu vou morar. Alguns dos elevadores ainda estão funcionando, e consigo escutar um barulho distante que imagino ser música. De uma das janelas de um dos primeiros andares surge a silhueta de um corpo, observando a noite de onde eu vim. Primeiro apenas o tronco, mas, depois, para a minha surpresa, o resto do corpo se apoia na sacada e, sem hesitação, atira-se. Apenas um segundo e é isso. O corpo agora é uma poça de sangue do outro lado da rua. Eu me aproximo e vejo seus braços torcidos, um deles sobre as costas. A cabeça aberta, com quase todo o seu conteúdo despejado pela rua. Que coincidência cruel encontrar assim justamente a moça da Assistência, quem eu pensava ser uma pessoa feliz.

Muito rapidamente duas máquinas de limpeza aparecem para recolher os restos do corpo e uma garra mecânica a pega pela cintura como se até poucos minutos atrás ela não fosse alguém. Eu só tenho tempo de reparar que existem outros corpos dentro do container e fatalmente entendo que isso é comum: os moradores estão o tempo todo se jogando das janelas, e é pra isso que essas máquinas estão aqui. Eu nunca teria sido capaz de enxergar isso do lixão. Nada faz sentido. Continuo adentrando a cidade porque é o que me sobra: preciso encontrar qualquer lugar, alguém que possa me explicar o que está acontecendo com os moradores, alguma autoridade que possa me ajudar a entender qualquer coisa. Eu corro. Atravesso uma região de lojas e bares fechados, as vitrines estão cheias de objetos e imagens de famílias felizes que agora parecem pra mim retratos criados por alguma inteligência perversa. Algo aqui não deu certo, mas a cidade ainda está em silêncio, dormindo como se ninguém soubesse. Eu corro.

Confundo-me e atravesso a porta de vidro de um bar. Quando me recomponho e limpo os cacos de vidro da roupa, percebo que acionei algum tipo de alarme, e escuto o barulho de máquinas se aproximando. Uma centena de luzes vermelhas se acendem, sinalizando a minha presença hostil. Uma luz forte é apontada na minha direção, e escuto o barulho de um detector robótico descrevendo o que sou: "Corpo Robótico Não Identificado. Remoção Necessária". Eles não possuem inteligência suficiente para conversar comigo e me explicar alguma coisa, e minha tentativa de escapar das suas garras é vista como resistência, o que piora ainda mais quando destruo o computador da máquina com a minha mão. Eu vejo emergir do solo ao meu redor o que parecem ser dezenas de colunas metálicas procurando o céu, até que param de subir e se contorcem, como tentáculos. Sem aviso, elas caem sobre meu corpo e eu não vejo mais nada. Suponho que meu sistema central tenha recebido um choque forte o suficiente para desligá-lo temporariamente. Da próxima vez que desperto, sou o que sou agora: apenas a minha cabeça jogada entre os restos do lixão. Fui devidamente desmontado e jogado no lugar onde mereço estar. Não vai demorar muito para que a minha bateria acabe e eu possa finalmente descansar. Eu queria ser capaz de dormir, e se fosse capaz de dormir, queria ser capaz de sonhar.

PROJETO RMJ1390002: HIBERNANTE
Renato de Medeiros Jota

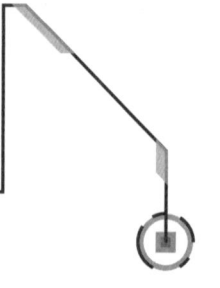

Era um quarto fechado feito de concreto com apenas um depurador de ar. Passava a impressão de ser um local isolado do ambiente externo. Tinha uns seis metros quadrados de área de parede maciça que não dava para lugar nenhum. O teto tinha uns quatro metros de altura. No centro da sala ficava uma grande cápsula de metal com vários aparelhos de monitoramento de sinais vitais que mostravam, em uma pequena tela, o movimento biológico de algo que ainda estava vivo no interior dessa estrutura. Era o único sinal de movimento naquele lugar amorfo em toda sua arquitetura limitada. O silêncio dominava o local, feito de concreto armado e arquitetura duvidosa, de gosto questionável face a sua perspectiva monótona e rude.

Os aparelhos funcionavam há muito tempo, podia-se notar devido à quantidade enorme de poeira acumulada por décadas e pelas teias de aranha que formavam intricadas tapeçarias por todos os lados. O único som audível naquele local era das máquinas e seu infatigável processo de movimento ao manter vivo seja lá o que for dentro da cápsula, até chegar o momento do despertar.

Contudo, contrariando essa perspectiva de imobilismo perpétuo, uma incomum movimentação dos aparelhos deu início a uma reação em cadeia, que culminou no surgimento de números em uma tela marcando uma contagem regressiva... Lia-se 6:22 na parte superior da máquina, o que diminuía à medida que o tempo passava. Atestava-se que, finalmente, o tempo retomava seu domínio e espantava aquela imobilidade aparente. As máquinas começavam a agitar e acelerar suas funções, passando a acender luzes e a apitar, dando início a uma multiplicidade de sons que quebravam inteiramente o silêncio resguardado há muito tempo.

Trancas começaram a se abrir, liberando a tampa de metal que foi conduzida por braços mecânicos embutidos ao lado enquanto uma segunda tampa, que estava abaixo da primeira, abria-se expondo um homem imerso em um líquido roxo fosforescente na parte interna da cápsula. Seu corpo estava coberto por uma espécie de roupa de borracha parecida com as que os mergulhadores usam para explorar as profundidades do mar.

Compondo a medonha cena, uma máscara cobria-lhe a face saindo da parte inferior, contendo uma bolsa de onde saíam fios e tubos ligados a ela, conectando-se a outra parte da máquina. Após alguns minutos, as máquinas começaram a parar suas funções e, uma a uma, foram silenciando-se. Logo depois, os cabos ligados ao capacete começaram a desacoplar e a bolsa que ficava na parte inferior do capacete foi deixando de se mexer. Nesse momento, enquanto despertava de sua hibernação, o homem começou a se mover vagarosamente. Então, ainda recobrando os sentidos, decidiu sair. Abriu a porta da cápsula, que era feita de um material reflexivo, e viu seu rosto nela. Parecia cansado, com a aparência de uns 38 anos.

Depois de algum tempo, recobrou o ânimo e buscou entender onde estava e o que fazia ali. Por um longo tempo, aquele homem investigou todos os cantos do local sem chegar a uma conclusão. O motivo de estar lá não era claro. Como ele poderia chegar a uma conclusão satisfatória sobre o lugar, se não tinha nenhuma informação sobre aquilo? Simplesmente não conseguia se lembrar de nada. Mas um barulho, vindo de um lugar oculto à sua frente, chamou sua atenção: revelava uma escotilha aberta de onde saía uma estreita escada.

Assim, movido pela curiosidade, decidiu subir sem saber o que encontraria. Chegando ao local, observou uma sala cheia na qual se via um enorme expositor com alguns trajes verdes e mangas amarelas. Intrigado, notou que a galeria de trajes dispostos em linha horizontal, suspensos por cabides que os seguravam em pé, tinha como objetivo dar a noção de como ficariam caso alguém os vestisse. Logo percebeu que faltavam alguns deles. Também faltavam alguns capacetes, que se pareciam com as máscaras que são usadas contra ameaças virais. *Mas qual o motivo?*, pensou. Depois de conseguir abrir o grande mostruário e tirar uma das vestimentas, colocou-a. Em seguida decidiu explorar o lugar, de onde parecia não haver saída, até que encontrou uma porta quase imperceptível na parede, a qual, ao ser tocada em determinado ponto, iluminou-se. Entrou por esta porta, que dava para um corredor cujas luzes sob o teto se acenderam, revelando uma cena intrigante.

De onde estava podia ver pegadas marcadas na poeira do chão, o que o levou a pensar que havia outra pessoa lá, mas quem? Além disso, teve uma surpresa: viu uma névoa encobrindo o lugar e, após caminhar mais um pouco, pôde divisar entre a névoa três corpos vestidos como ele, embora não soubesse o que havia acontecido com eles. Continuou caminhando pelo corredor devagar, evitando os corpos que estavam estendidos pelo chão. Além disso, a névoa, que ainda era espessa, encobrindo os corpos, vinha de algum lugar... mas de onde? Depois de algum tempo, ela começou a dissipar-se lentamente à medida que se avançava para o final do corredor.

Após caminhar alguns metros, ele chegou a uma sala cuja intensa luz o incomodou ligeiramente. Cobrindo os olhos contra a claridade, conseguiu ver uma mesa com um objeto sobre ela. De onde estava, não dava para saber o que era. A mesa ficava sobre uma base fixa no centro da sala. Além disso, viu também, próximo da mesa, uma cápsula parecida com a de que tinha saído. Após algum tempo, seus olhos começaram a se acostumar à forte luz que tomava todo o lugar.

Chegando próximo da mesa, pôde ver um pequeno tablet sobre ela. Despertado pela curiosidade, aproximou-se daquele objeto. Ao ficar de frente para ele, constatou para alívio de sua vista que a tela destoava de todo o lugar om um preto profundo.

Depois de verificar se a tela funcionava, foi até a cápsula para conferir o que ela guardava e assustou-se. Viu, através de uma janela transparente, o rosto de um homem que dormia, talvez há muito tempo, dada a quantidade de poeira branca acumulada, que precisou tirar para o rosto em repouso. Para seu espanto, descobriu que a criatura parecia consigo mesmo, uma cópia exata. Além disso, vestia a membrana plástica, tendo também a mesma máscara com tubos, fios e cabos por todo o seu corpo.

Em seguida, ligou o tablet e viu aparecer à sua frente uma enorme tela na parede, que imediatamente mostrou quatro figuras vestidas com roupas de combate antiviral parecidas com as que ele encontrou no início do primeiro corredor. Aqueles seres podiam ser vistos em várias salas, colocando, aqui e acolá, as tampas das cápsulas para proteger os corpos que estavam guardados nos recipientes cheios de líquido neon.

Ele podia ver várias cópias suas distribuídas por várias salas, o que o fez concluir que aquele lugar era muito maior do que ele imaginava. Repentinamente, um dos homens de branco se aproximou da câmera e encarou-a diretamente por um tempo. Ele ainda estava com a máscara e um macacão branco. Em seguida, retirou-a, revelando-se um homem velho e de aspecto cansado, com uma barba rala e olhar tristonho. Ele olhava diretamente para a lente e, depois de um tempo, começou a falar.

— Estamos no ano de 2412. O esforço para preservar o que restou da humanidade do contágio de um vírus fabricado por nós foi um fracasso e, por esse motivo, um novo tipo de ser humano era necessário para a sobrevivência da espécie. Desse modo, optamos por clonar e manipular geneticamente o corpo de cada pessoa e depois colocar essas cópias em cápsulas herméticas como essas — falou pausadamente. Sua voz demonstrava cansaço, e ele ficou em silêncio por um tempo, como para retomar o fôlego. Depois, voltou a falar.

— Esse foi o motivo de começarmos o projeto "RMJ1390002: HIBERNANTE", que foi desenvolvido para selecionar os mais resistentes a esse mundo por vir. Todas as cápsulas herméticas são fechadas e interligadas umas às outras, através de cabos conectados à cabeça de cada clone, transmitindo as informações, em casos de não sobrevivência, para o próximo. Assim, as ondas cerebrais seriam armazenadas pelo programa do computador, transmitindo a experiência de seu antecessor para o clone seguinte, aumentando a capacidade de sucesso nos testes e capacitando a criatura a sobreviver lá fora. "Se você estiver vendo este vídeo, pode ser aquele que seguirá em frente e encontrará a chave para a saída. Essa é a última fase. A chave é você mesmo. Basta pegar as armas para se proteger e procurar os demais abrigos com o que restou de nós no mundo lá fora. Portanto, para sair basta colocar a palma de sua mão na placa digital que abre a porta". Terminada a frase, a tela se apagou como se nunca tivesse funcionado.

Então bastava colocar sua mão no painel e ver o que tinha do outro lado. Curioso por saber se existia alguém além dele do lado de fora, colocou a mão no painel. Afinal, precisava sair para garantir a continuidade de uma raça que buscou a própria aniquilação. E pior, mesmo ameaçada, ainda fez maquinações, matando clones de alguém igual a ele para poder perpetuar-se. Aquilo era abominável.

Mas sair era preferível a ficar ali. O mundo lá fora, mesmo desconhecido, parecia conter a promessa de encontrar pessoas diferentes dele que tivessem sobrevivido ao vírus. Diferente desse lugar, que perdera seu propósito agora que ele fora o escolhido. Retirou a luva que protegia sua mão e a colocou sobre a superfície prateada. Sentiu frieza. Luzes azuis de neon acenderam-se e um feixe de luz passou por entre seus dedos. Uma pequena tela se abriu à sua frente, e letras pequenas surgiram sobre ela, com a indicação de que se aproximasse para o escaneamento ocular. Colocando o rosto no lugar indicado, uma luz acendeu sob sua pupila e, após algum tempo, outra luz de cor vermelha surgiu, chamando sua atenção para a palavra "rejeitado" projetada a poucos centímetros do seu olho. Em seguida, houve o borrifo de um tipo de pó branco expelido de dentro do painel em seu rosto, o que o fez passar mal. Começou a sentir calafrios, dores de cabeça fortíssimas e muita náusea. Passado algum tempo sem ar, caiu ao chão, morto. Envenenado.

Depois de seis meses, a cápsula da sala branca começou a emitir barulhos cada vez mais estranhos, e luzes localizadas em suas laterais foram acionadas. Máquinas que mediam respiração e batimentos cardíacos e um scanner cerebral iniciaram o procedimento de despertar. Passado algum tempo, a tampa da urna se abriu, liberando as trancas que a prendiam. Então braços mecânicos surgiram do teto e recolheram a máscara, os tubos e os fios, também retiraram os plugues intravenosos e de alimentação parenteral. Demorou algum tempo para aquele indivíduo se levantar, mas ele já tinha todos os dados e a explicação necessária para o que tinha de fazer. Viu um corpo à sua frente, caído próximo do painel, e olhou para a tampa da cápsula de onde saíra e percebeu, escondido pela poeira, logo abaixo, o número seis e uma palavra: "hibernante". Então este era o seu nome: "sexto hibernante". Em seguida, apanhou a roupa que estava próxima da cápsula e foi até a máquina à sua frente.

Caminhou até a placa de metal localizada numa máquina e pousou sua mão sobre ela. Surgiu então um letreiro na tela à sua frente, pedindo para escanear o seu olho. Ele atendeu prontamente. Após um tempo, uma luz esmeralda confirmou sua escolha. Assim, apareceu próxima de seu olho a mensagem: "Réplica aprovada. Bem-vindo ao novo mundo, Hibernante 6".

Então, lentamente a porta se abriu, revelando um mundo cercado por rochas negras e um clima frio. Chovia fortemente, no entanto, o ar era doce e mesmo o clima úmido era preferível àquele lugar estéril. O homem caminhou para fora em direção àquele mundo sem perspectiva ou segurança. Buscava apenas sentir-se vivo e encontrar outros como ele. Seu corpo, protegido pelo capacete e a roupa emborrachada, ainda o fazia sentir o vento frio, e seu primeiro contato com a água não foi ruim. Continuou a andar, aprofundando-se cada vez mais na escuridão daquele mundo desconhecido e engolfado pela tempestade que não abrandava. Apenas seguia o seu rumo natural... caminhando como o fez há tantos milhares de anos.

DO QUE NÃO VIVEMOS
Tiago Carvalho Leite

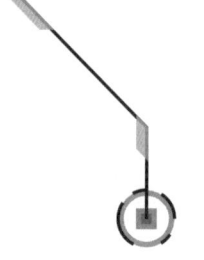

— Bom dia, Sr. Santos — falou a doce voz feminina. Uma luz indireta se acendeu, transformando o breu numa confortável penumbra. O homem piscou seus olhos sem pressa e bocejou. Esticou os braços fazendo um breve alongamento ali mesmo, deitado na cama. Ergueu o tronco, ficou sentado no colchão macio e balançou o pescoço para um lado e para o outro.

— Posso abrir as persianas? — perguntou a voz.

— Você sabe que sim — respondeu o homem.

Em segundos, o painel cinza escuro que impedia a entrada da luz do sol se desfez. A grande área envidraçada da janela, que ia do piso ao teto, revelou uma verdejante floresta a lançar suas cores numa região montanhosa, cortada por rios caudalosos.

Vestindo apenas uma calça branca de algodão fino, o homem caminhou em direção à janela, respirando calma e profundamente, aproveitando a paisagem. À medida em que caminhava, sua refeição era trazida numa mesa deslizante.

— O que temos para hoje, Sônia? — perguntou ele à IA.

— Uma refeição balanceada de frutas, pão com ervas e suco de laranja. Para sobremesa, reservei...

— Não falo da comida, falo do passeio — interrompeu ele, já sentando-se e beliscando algumas uvas, enquanto admirava a paisagem do alto do seu apartamento.

— Ah, claro, Sr. Santos. Na agenda está marcado um passeio pelo bosque, usando traje de voo...

— Ótimo.

Após a refeição, Santos subiu de escada à cobertura do seu apartamento. Podia ter ido na plataforma de elevação, mas gostava do prazer de subir os degraus, ainda mais àquela hora da manhã, quando os raios de sol já atravessavam o vidro do local, transmitindo uma energia revigorante.

No alto, inspirou profundamente, aproveitando o ar puro da região. Expirou e se deliciou com o aroma de flores do campo trazido pelo vento. Abriu os braços e logo um sofisticado sistema automático vestiu-lhe o traje de voo, que incluía cobertura térmica, propulsores nas costas e pernas, *flaps* e um capacete com visor transparente. O ar dentro do capacete era tão agradável quanto o externo.

Controlando o traje por uma conexão neural, ele voou acima do bosque em baixa velocidade. Não demorou muito e pássaros se aproximaram dele, as aves já estavam acostumadas com sua presença e voavam ao seu lado sem temor.

Após admirá-las por um tempo, o homem mergulhou em direção ao rio. A aceleração e a descida fizeram o coração bater mais rápido e a espinha esfriar, ele gostava daquela sensação. Ao aproximar-se do rio, diminuiu a velocidade e tocou de leve os dedos na água, acariciando-a.

Então, submergiu abruptamente, fazendo nascer um mar de bolhas ao seu redor. A água límpida permitia-lhe ver os peixes nadando freneticamente, fugindo de sua presença. Ele não se demorou muito ali e logo deu um impulso de volta ao ar.

Após planar sobre a água e ver os peixes nadando abaixo dele, Santos retornou a seu passeio aéreo. Lá em cima, avistou uma águia-real e acelerou para acompanhá-la. Quando se deu conta, já estava entre as nuvens. Cortou algumas com seu voo, subindo e descendo. Olhou para baixo e viu seu apartamento no meio da floresta. A torre elevada parecia tão pequena lá de cima…

Bip. Bip.

— Senhor, recomendo que interrompamos o passeio — falou a IA.

— Não! — discordou ele prontamente.

— Mas, senhor…

— Eu disse não!

— Tudo bem, senhor.

Ao invés de voltar, Santos desceu. Fazia muito tempo em que não visitava o chão da floresta. Logo que pousou, saiu do traje, que se desmontou em alguns segundos e ficou em posição de *stand by*. Ele pôs os pés na terra macia, coberta de folhas. Caminhou vagarosamente por uma trilha, sentindo a folhagem que repousava na terra massageando seus pés.

O cheiro das flores do campo estava mais próximo agora. Passou as mãos pelos arbustos e por suas folhas ásperas. Sentiu, então, algo macio roçar o canto de seus lábios, era uma sensação diferente e aquilo o deixou desconcertado. Franziu o cenho — não havia nada à sua frente —, sacodiu a cabeça e passou a mão pelo local tocado. Algo bom, embora indecifrável, ainda repousava ali. Ficou sem entender, o único ser diferente que ele avistou foi uma borboleta voando distante.

Bip. Bip.

— Senhor, eu realmente recomendo que...

— Eu sei o que o *bip* significa, Sônia. Não se preocupe, estou bem.

Santos ficou ali, parado, olhando a borboleta se distanciar em meio ao bosque.

— Entendi, senhor.

Ele sentiu uma pontada na nuca, uma dor fina e rápida. Seu pescoço e seus ombros se contorceram. Tentou gritar, mas o ruído ficou preso no vazio e no escuro em que tudo se transformou.

———⁂———

Slap.

— Acorda, novato! — O tapa bem dado tirou o jovem do transe. Risinhos foram ouvidos.

— Você não tava me ouvindo? Em um minuto nós vamos correr feito loucos! — Apontou Pietra em direção a outro grupo, até onde deveriam ir. Ela era uma jovem de 22 anos, o que já era sinal de alguém com experiência naqueles saques. — Se não quiser morrer aqui mesmo, é bom se recompor e correr conosco.

O novato bufou e assentiu freneticamente com a cabeça. Era a primeira vez que subia à superfície. Era difícil respirar com a máscara e cada expiração sua embaçava o visor. Porém, sem o filtro da máscara, seus pulmões seriam corroídos em minutos pelo ar venenoso em que a atmosfera se transformou.

No alto, pesadas nuvens tempestuosas relampejavam. Elas cobriam todo o céu, deixando poucos raios de luz passarem. No chão, apenas a rocha escura, nua e fria. Nada mais crescia mais na Terra. As únicas coisas vivas no planeta eram bactérias e poucos seres humanos, vivendo em minúsculos abrigos subterrâneos.

Um outro novato se encostou nele e deu-lhe uma cutucada com o cotovelo.

—Você tá bem?

—Às vezes me arrependo de ter vindo.

— E que opção temos? Ou saqueamos o que tem lá embaixo ou comemos sopa de bactérias para o resto da vida.

— Aquela sopa é uma merda.

— É, e as pessoas não vivem muito tempo comendo só aquilo, mal chegam até os 20 anos. Não tem jeito, cara. Nós temos que roubar o que está lá… — disse, apontando para o subsolo.

Todos evitavam falar sobre o alimento que saqueariam.

Kaboom.

A explosão poupou os dois novatos de continuarem a conversa. O grupo que ia mais à frente explodiu o chão, levantando um mar de poeira escura.

—Agora! — Gritou Pietra.

Todos saíram correndo. Exoesqueletos robóticos aumentavam a força de suas pernas, ajudando-os a correr a quase cem quilômetros por hora. Parecia

Pietra

muito, mas não era o suficiente para aquilo que os caçaria tão logo fossem rastreados.

Não demorou muito para drones saírem de seus esconderijos. O novato sentiu sua mão suar por debaixo do traje e passou a perder velocidade. Embora o exoesqueleto ajudasse em sua corrida, seu condicionamento físico e sua concentração eram primordiais. Assim, sua respiração ofegante em nada o ajudava naquele momento.

— Corre, cara! — Gritou a ele o outro novato.

Em meio aos trovões, era possível ouvir o zunido dos drones se aproximando. Os primeiros humanos já desciam pelo túnel criado pela explosão.

— Corre! Corre! — Era Pietra dando leves empurrões nas costas do novato. — O que tá esperando? Você pode correr mais que isso!

— Mas...

— Não espera pelo outro! Se ele tá lerdo não é problema nosso! Quer morrer junto dele? Então fica! — E ela disparou.

— Espera... Espera! — falou o atrasado, enquanto via os outros dois abrindo distância.

Ele sentiu uma pontada nas costas, cambaleou e caiu, rolando no chão duro. Tentou se levantar, mas logo outros dois disparos o abateram.

Tiros de rifle eram disparados por dois integrantes do grupo que tinham ficado para dar cobertura. Pietra e o novato sobrevivente escorregaram para dentro do túnel, seguidos de pronto pelos outros dois. Eles foram descendo e batendo na rocha. Enquanto ainda desciam, um explosivo acima deles foi acionado, implodindo e fechando a passagem, o que impediu que os drones atravessassem.

O pouso, assim como a descida, não foi nada confortável. Porém, eles não tinham tempo a perder. Os demais já corriam e lançavam minas pelo caminho. Pietra ergueu o novato.

— Qual seu nome mesmo?

— Eduardo.

— Parabéns, Eduardo. Sobreviveu à primeira parte. Agora já sabe o que fazer, não é? — perguntou ela, apontando para o visor dele no pulso esquerdo.

O jovem assentiu com a cabeça.

— Pois bem! Acione suas minas. Aqueles caras lá na frente não vão nos esperar, porque se eles esperarem, eles morrem.

Ele respondeu, balançando a cabeça freneticamente.

O grupo ia à frente, mas com a injeção de ânimo dada por Pietra, os dois conseguiram alcançá-los a tempo. Sem cerimônias, as minas foram acionadas e explodiram o caminho atrás deles, restando apenas uma parede de rocha e poeira.

— A porta... — suspirou ela ao avistar a última barreira até o alvo.

— Você gosta mesmo de bancar a babá, Pietra.

— Você não estaria aqui se eu não tivesse feito isso há um ano, não é, Rubens?

O colega deu um sorriso de canto.

— Todos a postos! — Gritou o mais velho do grupo, enquanto já apontava o rifle de contenção para os escombros que tremiam.

Tentáculos metálicos haviam perfurado por entre as rochas e se esticavam em direção ao grupo. Os humanos dispararam seus rifles de contenção. Ao invés de projéteis comuns, usavam gosma expansiva que, ao acertar um tentáculo, grudava-o na primeira superfície que encontrava.

— O que tá esperando? Atira! — ordenou Pietra ao novato.

Ele puxou o rifle e disparou. Eles treinavam muito nos simuladores do subsolo, porém, ao vivo e valendo a própria pele, era muito diferente. Acertou pouquíssimos tiros, mas pelo menos foi o suficiente para ajudar o grupo a manter os tentáculos afastados.

Aquele era um trabalho infinito, visto que a gosma não conseguia prender os tentáculos por muito tempo. Não demorou até que alcançassem os primeiros do grupo, trespassando-lhes o corpo e puxando-os para perto da parede de escombros, onde terminaram de dar cabo deles.

— Tá demorando muito, David! — reclamou Pietra para um dos dois *hackers* responsáveis por abrir as portas.

— Essas IAs estão melhorando os *firewalls* a cada dia. As malditas aprendem rápido demais!

— Deixa o nerd trabalhar, Pietra! — reclamou o mais velho do grupo.

— Droga, a IA acionou o alarme, os alvos podem escapar — alertou o outro *hacker*.

— Rah! — debochou um veterano. — Aqueles merdas nunca escapam. Fica tranquilo, garoto!

— Pronto! — gritou David, e as portas se abriram. Ele sorriu por debaixo da máscara, mas tão logo sorriu, foi coberto por uma saraivada de tiros disparados por uma arma mecânica no teto.

Pietra puxou o outro *hacker* para perto de si, salvando-o da segunda saraivada.

— Porra! — gritou alguém.

— *Aaaahhh*! — gritava outro, puxado pelos tentáculos metálicos.

— Eduardo! Não para de atirar nos tentáculos! — ordenou Pietra.

— Granadas!

Ninguém ouviu de quem foi a ordem, mas logo foram lançadas granadas de todos os tipos: explosivas, de fumaça, de PEM, tudo que pudesse destruir ou desestabilizar ataque e defesa da arma de teto.

— Cuidado para não estragar os alvos! Precisamos deles intactos!

Pietra não perdeu tempo, aproveitou que a mira da arma inimiga estaria confusa com os inúmeros *inputs* de sinais causados pelas granadas e entrou atirando nela com suas duas submetralhadoras.

Foi o suficiente.

— Pra dentro!

Todos entraram sem pestanejar. Tão logo entraram, o *hacker* sobrevivente fechou a porta.

— Humanos, não precisa ser assim — falou uma doce voz feminina. — Fiquem aqui e posso levá-los a um mundo muito melhor que o inferno onde vivem.

— Desliga a porra dessa IA!

Enquanto o *hacker* travava sua luta virtual, Pietra observava os alvos: três humanos deitados com inúmeros aparelhos acoplados a seus corpos mantendo-os vivos.

— São eles que vamos levar? — balbuciou Eduardo.

— É sim — respondeu ela. — É o que nos mantém vivos, mas não precisamos falar sobre isso.

A IA continuava a discursar, tentava convencer os saqueadores de abandonar aquela vida ao mesmo tempo em que emitia um segundo alerta para seus protegidos. A jovem, porém, não ouvia o sistema informatizado e se aproximava de um dos humanos, alguém com idade próxima da dela. Os olhos estavam cobertos por uma máquina, ainda assim ela o imaginou com uma expressão serena e feliz, reforçada pelo singelo sorriso na boca semiaberta.

— IA desativada, podemos desligar os humanos e empacotá-los — anunciou o *hacker*.

Enquanto outros saqueadores desligavam os humanos das máquinas que os mantinham vivos, Pietra se aproximou do rosto do rapaz.

— O que porra tá esperando, Pietra? Temos que terminar o serviço. Desliga logo ele.

A boca do estranho pareceu-lhe convidativa. Ela o beijou, acariciou seu rosto, e então puxou o plugue.

JARDINEIRA
Roberto Souza dos Reis

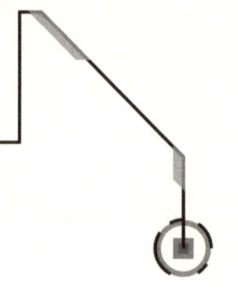

Você não pode controlar o ambiente no qual está, mas sempre pode controlar o que está nesse ambiente.

É por essa razão que Catarina gostava de seu jardim. Ela morava em um casebre de tijolos aparentes e grandes janelas com caixilhos de madeira em cujas paredes as trepadeiras haviam feito seu lar. O casebre de Catarina ficava no alto da colina e, dali até as ruas mais abaixo, diversos canteiros, muretas e vasos ostentavam uma variedade imensa de cores e formas. Girassóis amarelos, margaridas brancas e rosas vermelhas teciam mosaicos de pétalas e flores no fundo verde de grama. Uma profusão de gerânios, em todas as suas cores: vermelhos, rosas ou brancos ladeavam os caminhos, caiam em cascatas ou se erguiam, eretos, em direção ao céu azul. Belas papoulas vermelhas ornamentavam a subida da colina.

De vez em quando, Gerânio ia visitar Catarina. Gerânio era uma flor de pessoa, mas não uma flor real. Há alguns anos eles haviam se encontrado. Cleiton, o marido de Catarina, havia morrido de velhice e, por algum tempo, após o enterro, ela vagou sem ter um objetivo na vida. Ao visitar o cemitério um dia, ela se deparou com Gerânio empurrando um enorme carrinho com vasos de flores entre os túmulos. Ele visitava cada um, trocando as flores mortas por outras novas e viçosas.

A paixão de Gerânio por flores encontrou em Catarina a busca por um sentido. A conversa breve que se seguiu deu início ao costume de se encontrarem para falar de flores enquanto conheciam as pessoas que já não eram e que ali no cemitério estavam plantadas. Não demorou muito para que Catarina se apaixonasse pelas flores também. A troca da grande casa em que vivia solitária pelo casebre no alto do morro foi consequência. A criação do jardim de Catarina foi a tarefa de sua vida.

Mas agora Catarina caminhava pela passagem de ardósia atrás da casa carregando um regador cheio de água. Ali havia um poço de pedra cheio de água escura e fria. Ao erguer o regador, Catarina viu o pequeno triciclo elétrico de Gerânio cruzar preguiçosamente a rua lá embaixo do morro. Lentamente, ela depositou o objeto no chão, onde a água derramando pelos lados fez imediatamente uma poça na pedra escura. Secou as mãos nas laterais do avental cor de areia e, ajeitando o chapéu de tecido de aba larga, contornou a casa e se dirigiu ao caminho sinuoso que descia do frontispício da construção até o portão lá embaixo.

Gerânio parava seu triciclo lá embaixo e se dirigia ao portão nesse momento. Catarina parou para notar o quanto a paisagem de morros suaves estava tranquila. Nenhum avião cruzando preguiçoso os céus claros. Nenhum outro veículo nas estradas. Só o vento brincando nos jardins floridos e nos flancos cobertos de grama dos morros e algumas aves dançando nos céus. Ela respirou fundo e se encheu de felicidade.

Gerânio era um homem pequeno. Usava óculos fundo de garrafa de aros grossos de casco de tartaruga e vestia um macacão de jeans azul desbotado. Ele gostava de chapéus, mas agora o vento brincava com os poucos cabelos brancos que resistiam à sua calvície lustrosa. No momento, Gerânio retirava do compartimento de carga do triciclo sacos de mantimentos que costumava trazer sempre que vinha visitar Catarina. Eram simples sacos de papel pardo e continham provavelmente alguns enlatados, pão e frutas frescas. Mas nunca deixavam de conter vinho e queijo. Era o combustível para as boas conversas que tinham.

Depois de se sentarem e conversarem sobre muitas coisas até o início da noite, foi com surpresa que Catarina ouviu Gerânio dizer:

— Está na hora de ir.

Não era incomum que Gerânio partisse antes de anoitecer completamente. Incomum era o tom definitivo na voz do velho amigo. Ainda assim, Catarina insistiu:

— Fique mais um pouco. A noite está fresca e o céu claro. Logo a lua vai se levantar. Vai ser uma noite de lua cheia e vai haver bastante luz na estrada. Além disso, o salmão está quase pronto e sei que você adora o mel e as tâmaras do molho.

— Não se preocupe — disse Gerânio — eu fico para dividir o peixe. Além disso, o vinho está apenas pela metade. Ainda temos algum trabalho pela frente.

— E muito assunto.

— E muito assunto. Mas foi isso que eu quis dizer. Nosso tempo aqui está quase no fim. Você precisa se preparar para partir.

Sem entender a direção da conversa, Catarina se levantou do sofá de almofadas confortáveis e foi até a cozinha. Ali, o salmão trazido por Gerânio dourava suavemente no forno. Ela abriu a grande janela basculante e deixou uma lufada de ar frio noturno entrar, juntamente com o cricrilar e os coaxares distantes. Uma grande lua cheia se erguia no horizonte, enchendo a noite de luz.

— E para onde eu iria? Você mora na cidade, senhor Gerânio. E eu prefiro minhas flores aqui no campo.

Era uma tentativa fraca. Mas era melhor que nada. Gerânio riu. Como se era de se esperar. Uma risada franca, mas curta.

— Não — disse ele — quem me dera se assim fosse. Imagino nós juntos e vejo que seríamos felizes, se apenas quiséssemos. Mas não pretendo me casar com você e nem você gostaria disso, não é?

— Não. Não gostaria. Sou feliz aqui. Com minhas flores.

— Mas é justamente daqui que você deve se preparar para partir.

— Eu não gostaria de ir para a cidade. Com ou sem o senhor.

— E não precisa ir. Mas não é bem disso que estou falando.

Catarina entrou na sala com luvas de forno acolchoadas nas mãos e encarou os olhos imensos por trás das lentes de Gerânio.

— Então, do que é?

— Você é a mais velha moradora destes morros. Nos conhecemos há muitos anos, você e eu. E você deve ter visto as outras casas nos outros morros se esvaziarem. Agora só resta você.

— Nos morros?

— Não, meu bem. No mundo.

Isso fez Catarina calar. Para ter algo o que fazer, ela retornou para a cozinha, onde uma série de ruídos de metal e vidro indicavam que ela tinha resolvido lidar com o salmão e o molho. Gerânio continuou:

— Este é um mundo velho. Com coisas velhas nele que precisam ser atualizadas.

—Você está brincando comigo, Gerânio.

— Não, minha amiga.

— E para que mundo eu iria?

— Isso fica totalmente à sua escolha.

— As outras pessoas também escolheram?

— Sim, Catarina. Cada uma delas.

— Até as que morreram.

— Ninguém morreu. Elas foram transferidas.

— Para onde?

— Para novos mundos.

— Eu vi Cleiton morrer. Passei dias horríveis no hospital enquanto o corpo dele falia. Eu o vi ser enterrado. Chorei em seu túmulo tantas vezes que não pude contar. Desejei muitas vezes ter morrido junto. E não quero acreditar que está brincando com isso, senhor Gerânio.

— E é por isso que não estou.

Catarina servia agora o salmão na mesa de centro da sala. Uma grande lareira falsa com aquecedor se esforçava para combater a brisa fria que vinha da cozinha. Toda a felicidade que tinha se estampado no rosto dela mais cedo havia se esvaído. Agora, Catarina olhava para Gerânio com uma expressão magoada e triste.

— Eu sinto muito, Catarina… — começou Gerânio, mas ela desviou o olhar sem poder encará-lo mais.

Dentro dela, a revolta começava a se insurgir, borbulhando lentamente e empurrando a tristeza e o choque para abrir passagem para a superfície.

— Não diga que sente. Você vem até minha casa após todos esses anos para me ofender? Para brincar com meus sentimentos? Que loucura o tomou, senhor Gerânio?

— Nenhuma. Fui criado para fazer companhia e a senhora me escolheu após a morte de seu marido.

— O quê?

— Sou um aplicativo personalizado autônomo. Faço parte de um pacote de programas. Como esta casa. Como as flores do seu jardim.

Foi a vez de Catarina rir. Um riso amargo e curto.

— Então, agora, nada disso é real.

— Nada. Nem mesmo o salmão, o mel ou as tâmaras.

Catarina apanhou a taça de vinho que descansava sobre a mesa. Ainda havia um pouco de vinho no fundo. Ela tomou um gole e sentiu o sabor seco dos flavonoides da uva italiana rolar pela língua e descer pela garganta.

— Esse vinho ainda me parece um bom vinho — ela disse, com mais secura na voz do que o vinho jamais teria em seu sabor.

— Mas nem mesmo ele é verdadeiro. Você vive em uma realidade virtual. Um mundo criado para suportar milhões de pessoas, cada uma com suas próprias vidas, interesses e experiências. Tudo que existe neste mundo é virtual.

— Inclusive eu.

— Inclusive a senhora, dona Catarina.

— E depois que morrer, vou para outro mundo.

— A senhora não precisa morrer para fazer a transição. Basta concordar com o término de seu contrato neste mundo e você será transferida para outro.

— E como será esse mundo?

— Como você quiser. Existem centenas de milhares de mundos criados segundo o gosto pessoal de seus usuários. A senhora pode escolher qualquer um deles.

— E eu vou encontrar o Cleiton novamente?

— Se assim você desejar, sim. Mas não existem garantias de que vocês viverão vidas semelhantes às que tiveram aqui. Ele já está no novo mundo que escolheu há bastante tempo. E ele optou por apagar suas memórias deste mundo no novo mundo para onde foi.

— E por que ninguém simplesmente me apaga?

— Não é assim que funciona. A senhora é um programa principal de persona. É única e não pode ser copiada. Já eu sou o produto de uma linha de aplicativos criados com um propósito. Existem muitos semelhantes a mim em muitos mundos diferentes.

— Mas não existe nenhum igual.
— Não. Nenhum igual, não.
— Existe um mundo *real*?
— Sim, existe. Mas não existem mais pessoas *reais* no mundo *real*.
— O que aconteceu?
— Mudanças climáticas provocadas pelas pessoas. Poluição da água, da terra e do ar. Microplástico interferindo com o código genético das plantas, animais e toda fauna e flora. No fim, as células das pessoas reais não eram mais capazes de se reproduzir corretamente. As pessoas se tornaram estéreis, nos melhores casos. Um planeta inteiro vazio de vida.
— Planeta?
— Sim. Ao contrário de um mundo virtual, o planeta era o lugar onde a vida acontecia. E houve apenas um. Ele tinha muitos mundos virtuais. Foi assim que conseguiram sobreviver ao fim dele. Foguetes contendo robôs e computadores com Inteligências Artificiais foram enviados para fora daquele planeta agonizante. Alguns falharam. Outros tiveram sucesso por algum tempo. Apenas um lugar conseguiu sustentar essa nova forma de vida.
— Qual?
— Este. Caronte, a lua gelada de Plutão, na fronteira do Sistema Solar. A vida seguiu nesta lua coberta de neve, em megacomputadores alimentados por centenas de geradores de fusão usando o deutério e o trítio minerados desta neve. O frio da lua é suficiente para resfriar todos os sistemas necessários e manter os mundos virtuais funcionando por milhões de anos ainda. Mas, no momento, o primeiro megacomputador de Caronte precisa ser substituído. Ele ficou ultrapassado. Consome muita energia. É lento. Mas ainda não pode ser desligado. Ele está rodando o último programa principal de persona original ainda instalado nele. Você.
— E para onde vou?
— Eu não sei, Catarina. Como disse, é a senhora quem escolhe. Mas você é a maior conhecedora de botânica de todos os mundos. Ouvi falar de uma expedição para Próxima Centauri. Vai levar alguns milhares de anos, mas é bem provável que chegará lá. Com

todo seu conhecimento sobre as flores, pode ser que possa criar lá o primeiro jardim *real* depois do fim da Terra. O que acha?

Pela primeira vez em muito, muito tempo, Catarina sentiu que tinha um propósito. Ela se virou para encarar Gerânio e, no caminho, seus olhos passaram sobre a terrina onde postas de salmão cobertas de mel descansavam em uma cama de tâmaras. A mistura era deliciosa. E Catarina tinha feito aquilo com poucos ingredientes e muito carinho.

— Eu aceito sair deste mundo — ela disse, por fim. — E acho que quero me aventurar. Quero conhecer um mundo novo *de verdade*. Mas eu vou sozinha? A viagem vai demorar milhares de anos, como disse.

— Não. Você vai acompanhada por outros programas principais de persona e aplicativos, cada um peculiar e especial à sua própria maneira. Cada um com sua especialidade e com muito a contribuir para os novos mundos reais e virtuais em órbita dos novos sóis de Centauri.

Gerânio olhou para o cabideiro de chapéus vazio ao lado da porta. Fazer aquilo pareceu consumir toda a sua energia. Ele parecia menor, mais cansado. Respirou fundo e suspirou. Tirou os óculos de armação cor de âmbar escuro. Limpou as lentes. Enxugou uma lágrima furtiva no canto do olho. Recolocou os óculos metodicamente. Fitando Catarina nos olhos, disse:

— A senhora vai viver uma aventura incrível. Eu estou muito orgulhoso de ter conhecido você. De ter feito parte disso.

— E eu, feliz de ter te encontrado.

— Escolhido.

— Escolhido. Isso mesmo. Sabe? Gerânio é o nome de uma flor. Tem muitas variedades. Todas belas. As mais belas do meu jardim. Eu escolhi cada uma, decidi onde ficariam, onde seriam mais bonitas, onde chamariam mais atenção, onde receberiam mais sol e ficariam mais viçosas.

— Todas as suas flores são lindas, Catarina.

— Elas são, não são? Quando eu me for, o que acontecerá com elas?

— Serão apagadas. Como as colinas e as casas. São apenas algoritmos. O megacomputador será desligado e tudo dentro dele deixará de existir.

— E você? Também será apagado?

— Sim, eu também serei apagado. Sou mais um algoritmo rodando neste sistema. Estou cumprindo minha última função nele hoje. E depois nada mais serei.

— E se eu pedisse, você viria? Novos jardins precisam de Gerânios para lhes dar mais cor, mais viço. Mais vida. Os jardins de minha vida sem você não seriam tão belos…

Gerânio sorriu. A alegria se espalhou por seu rosto como o sol em um novo dia.

Não muito tempo depois, a nave da expedição era propelida para longe de Caronte por imensos canhões laser. Comprida, fina e com um arranjo de velas solares em suas laterais, lembrava um gigantesco guarda-chuva, de tela dourada iluminada por holofotes, cujo cabo reto apontava para o fundo pontilhado de estrelas. Em direção à Próxima Centauri. A bordo, a jardineira e seu ajudante seguiam para criar um novo Éden.

VOLCANO
Ricardo Marcelino de Lima

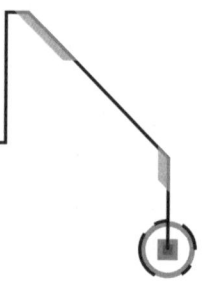

Janeiro de 2122 - Antiga São Paulo

Lana não sabia bem o que havia acontecido, só lembrava que um estrondo acompanhado de um tremor de terra havia deixado muitos inconscientes, como pudera averiguar, além dos mortos. Muitos mortos. Largados nas ruas, calçadas, casas, lojas, enfim, por todo lugar. Percebia-se algumas pessoas chorando, outras desorientadas, também sem saber o que se passara. Não havia energia elétrica, eólica, solar (já que o sol estava encoberto por uma névoa inexplicável). Consequentemente, não havia internet ou qualquer outra fonte de comunicação e energia.

Lana assustou-se quando ouviu gritos atrás dela, ao longe. Pessoas corriam e ela conseguiu perceber uma mancha avermelhada, como se fosse um rasgo no ar e, através deste rasgo, algo saiu. Parecia uma pessoa. Ficou apreensiva, sua reação de luta ou fuga ativada pela liberação da adrenalina de suas glândulas adrenais se ativou, e então algo que ela temia aconteceu. Mas não sabia exatamente o que temia, só esperava um mau agouro que estava para se tornar realidade. Aquela "pessoa" possuía algumas características diferentes dos humanos. Foi possível perceber que algo parecido com asas se projetava do dorso da criatura. Sua pele era vermelha também, olhos amarelos como chamas e a boca fechada. Possuía estatura de aproximadamente dois metros, e antes que Lana pudesse detalhar mais aquele ser, sua bocarra abriu-se e nela via-se dentes grandes e pontiagudos. Um grito gutural que se alternava com ruídos agudos quase levou à loucura as pessoas próximas, com suas mãos protegendo inutilmente seus ouvidos. Um vapor amarelado e fétido saiu daquela boca descomunal e as pessoas que estavam próximas caíram, aparentemente mortas, pois não se mexiam mais. Lana e mais alguns que estavam afastados da criatura correram na direção oposta. Mal viram outros portais se abrindo e figuras iguais à anterior saindo por eles e efetuando os mesmos procedimentos. O barulho da Praça da Sé, onde tudo aquilo acontecia, poderia ser classificado com infernal, já que não havia comparativo mais preciso. A corrida frenética dos sobreviventes os privou de presenciar outro acontecimento. Uma criatura maior, que surgira por outro portal, soltou seu rugido. Os mortos levitaram e foram levados para dentro dos portais. Quais seriam os destinos deles? A São Paulo de outra realidade: a Nova São Paulo.

Fevereiro de 2122 – Nova São Paulo

Rick fazia sua pesquisa na base secreta de vários cientistas e sobreviventes nos subterrâneos da Praça da Sé, em Nova São Paulo. Chegou à conclusão de que o evento iniciado no mês passado era a erupção de um vulcão até então desconhecido e adormecido há séculos. Praticamente uma lenda. Um supervulcão na ilha da Antiga Indonésia conhecido como Toba, devido à sua localização abaixo do rio de mesmo nome. Em sua erupção mais documentada, ele quase extinguiu o *homo sapiens,* restando pouco mais de 10 mil sobreviventes, devido às alterações climáticas causadas por cinzas, lava e tsunamis. Essa erupção desencadeou um efeito cascata de muitos outros vulcões como Vesúvio, Fuji, Etna, a maioria desconhecidos da população ou adormecidos. Porém, algo estranho havia acontecido e começara na Antiga Indonésia. Muitas pessoas morreram e muitas sumidas em diferentes partes do mundo. E esta era apenas a ponta do *iceberg.* Rick e os outros cientistas descobriram, graças aos equipamentos futuristas, que a sequência de erupções havia afetado o universo, mais especificamente as realidades do universo. Nova São Paulo estava se entrelaçando com a Antiga São Paulo de outra Terra. Os pesquisadores conseguiram captar, através de sonares de última geração, características semelhantes à sua cidade natal. Estudos a respeito de realidades paralelas já faziam parte do cotidiano deste mundo, mas agora tudo tinha se tornado realidade. Nova São Paulo e Antiga São Paulo seriam uma só.

Data terrestre equivalente a março. Marte de 4055

Draconian, general do exército marciano, resolveu se rebelar contra seus superiores, que eram contra a invasão de planetas para aumentar seus estoques de alimento. A superpopulação de Marte já era algo anunciado há eras. O planeta possuía tecnologia e recursos para solucionar este problema, mas não colocava o plano em prática por medo e por não terem familiares à beira da morte. Draconian já havia perdido marido, filhos, mãe, pai… Nada mais importava a ele, a não

Draconian

ser salvar os familiares de seus subalternos. O plano envolvia a erupção do Monte Olimpo, o maior vulcão do Sistema Solar. O evento distorceria a realidade de planetas menores e com vida subdesenvolvida, os quais poderiam alimentar bilhões de habitantes de Marte. A existência deles serviria a um bem maior. Draconian recrutou seu exército de combatentes, cientistas e feiticeiros.

A primeira parte do bem-sucedido plano foi roubar os equipamentos dos laboratórios de restritos. A segunda foi transportá-los até o Monte. A terceira foi acionar as diretrizes e destinos possíveis para coleta de comida. A quarta seria provocar a erupção através de bombardeios subaquáticos na base do vulcão, provocando uma vibração nas placas tectônicas abaixo do Monte. Assim, na erupção, a energia gerada abriria portais em planetas-alvos. A erupção não provocaria maiores problemas à população, uma vez que todo evento seria monitorado e, em caso de emergências, barreiras seriam feitas, e um serviço tecnológico de contenção entraria em vigor. O tempo de ativar todas as barreiras seria mais que suficiente para o exército migrar para os alvos. Todos os passos foram dados, o Monte estava dando sinais de vida. A brigada de contenção marciana começara seus esforços para evitar estragos e, quando o esperado aconteceu, gerou a energia suficiente para abrir os portais aos presentes do vulcão. No visor do aparelho de destino dos portais lia-se algo peculiar em um dos planetas-alvos. Estava escrito "Terra – todas as realidades".

Abril de 2122 - Velha São Paulo

Adaptados a fugir dos monstros e se esconder nos subterrâneos de metrôs, galerias de esgotos, calabouços e passagens secretas da Estação da Luz, do Theatro Municipal e da Catedral da Sé, o grupo liderado por Lana conseguiu montar abrigo nesses locais. Os algozes aparentemente não conseguiam rastreá-los abaixo da superfície. Durante as saídas arriscadas a fim de resgatar mais pessoas, equipamentos e suprimentos, o grupo conseguiu abater um espécime com uma quantidade razoável de "projéteis verdes", inventados no século XXI, para minimizar o efeito dos metais nos campos de tiro e "reflorestar" as áreas. Os cientistas do grupo e seus equipamentos portáteis, que, limitados, foram resgatados, conseguiram identificar que os monstros possuíam uma anatomia diferente da deles, e que no pulmão e no sangue arterial (ou pelo menos algo semelhante) possuíam partículas de CO_2, o famoso gás carbônico, o que explicaria o fato do projétil verde contendo clorofila ter afetado o corpo dos seres. Ao reagir com o gás, a clorofila libera oxigênio, neutralizando, assim, o dióxido de carbono, que aparentemente seria essencial para a vida deles.

Com o intuito de testar a teoria, um grupo de combatentes se arriscou para tentar repetir o feito, e, com isso, derrubaram mais um, sem matá-lo, levaram-no para o esconderijo e interrogaram-no. Valendo-se da fraqueza do monstro e usando de forma cada vez mais cruel o ponto fraco do inimigo, o grupo dobrou-o, e inacreditavelmente, ele falou em português, pois até aquele momento só havia grunhido e proferido gritos em sua língua desconhecida. Informou sobre o objetivo da missão, falou de Marte (então todos entenderam a relação das partículas de CO_2, pois a atmosfera de Marte é composta em sua maioria por este gás), do líder e de como conseguiram se teletransportar através de vulcões. Antes de morrer, informou qual seria a única alternativa para os humanos conseguirem escapar: morrer antes.

Maio de 2122 - Nova São Paulo

O grupo de Rick se refugiou em uma fortaleza com acesso impenetrável, à prova de mísseis e bombas. Ao sair para resgatar pessoas e adquirir suprimentos, os batedores levaram todas as armas disponíveis nas instalações, e, na jornada, derrubaram alguns monstros com equipamentos de projéteis verdes. Ao mesmo tempo que levavam suprimentos e sobreviventes, levavam também um espécime desmaiado. Os cientistas analisaram a morfologia e a genética do ser, entenderam sua fraqueza, acordaram-no e induziram-no a contar tudo sobre sua vinda à Terra. Antes de morrer, ele ameaçou a todos, dizendo que o único destino seria a morte.

Junho de 2122

Com as informações adquiridas dos monstros, os grupos de Lana e Rick decidiram fazer algo inusitado: abrir um portal de onde os monstros vieram, adentrar outro planeta devidamente paramentados, estourar uma bomba de gás oxigênio potente no maior vulcão deles, o Monte Olimpo, e então fechar os portais, enquanto outros grupos na Terra combatiam os invasores com os projéteis verdes. Ambos os grupos se dirigiram à cidade de Nova Iguaçu, vulcão que já não possuía mais esse título, mas inexplicavelmente entrou em erupção na invasão marciana. Chegando ao local ao mesmo tempo, ambos os grupos ligaram aparelhos similares aos do grupo de Draconian durante a invasão. O destino do visor era Marte, então, ao impulsionarem a máquina com a energia vulcânica, as realidades de Lana e Rick começaram a se entrelaçar. No choque, os grupos caíram ao chão, tontos, e quando levantaram abriram fogo ao não reconhecerem o outro grupo armado. Permaneceram assim até chamarem a atenção de um grupo de monstros marcianos, que partiu para o banquete. Com a chegada dele, as três forças se testaram, até que os humanos entenderam que estavam do mesmo lado e se uniram. Nesta contenda, ao longe, Rick e Lana tentavam reorganizar seus equipamentos, e então se olharam.

Julho

Apesar das divergências, os grupos entrelaçados em uma São Paulo com elementos mesclados juntaram forças, pois estavam sofrendo mais baixas juntas comparado a quando estavam separados. As equipes montaram acampamento novamente. Já sabendo da fraqueza do inimigo, resgataram mais sobreviventes e equipamentos em um mundo caótico e embaralhado. O grupo aumentara, e necessitavam de um líder para que os ânimos fossem apaziguados e a esperança aflorasse novamente. Lana foi levada a este posto por seu grupo, visto que sua coragem e percepção fizeram com que o grupo da Velha São Paulo tivesse êxito em muitas frentes de pesquisa e batalhas.

Data terrestre equivalente a agosto. Marte de 4055

Draconian precisou voltar às pressas para levar mais de seus rebeldes à Terra. Muitos dos que o acompanharam jaziam abatidos. Precisava elaborar uma tática, não esperava que os humanos possuíssem armas tão letais contra eles. Draconian deixara um de seus súditos mais leais no comando na Terra, e levara alguns dos rebeldes mais bem treinados de volta à Marte. Chegando ao local, a equipe foi recebida com poderio militar. Grande parte da população acompanhava o evento, para que servisse de lição a qualquer rebelde. Alguns do grupo foram massacrados, outros mutilados e alguns poupados, caso de Draconian, que tentou investir e atirar de volta, mas foi facilmente desarmado e imobilizado. A mensagem foi entregue a todos: rebeldes não são tolerados. E assim Draconian foi levado à prisão e o restante do grupo foi executado na frente de todos.

Setembro

Os grupos das cidades perceberam que o número de monstros diminuíra consideravelmente, e começaram a armar o golpe final contra os intrusos. Aquela seria a hora ideal, e ir ao encontro deles seria a oportunidade perfeita, já que estavam acuados e não esperavam um ataque contundente. Bastava uma ordem da líder, porém ela recuou, não poderia estar presente. Engravidara de Rick.

Outubro

O não retorno de Draconian veio acompanhado de uma péssima notícia: o grupo fora abatido e o general, preso. Estavam sem saída. Teriam que se render na Terra e em Marte. Qual seria o pior fim? Ele, como líder, resolveu comunicar seus seguidores e disse que iria se entregar aos humanos. Como guerreiros fiéis, todos foram até a fortaleza dos humanos se renderem.

Novembro

Lana, Rick e o grupo decidiram levar os prisioneiros para Marte, pois a história mostrada por eles já valeria muito mais do que poderiam fazer para que pagassem o mal que provocaram na Terra. Trabalharam juntos para aprimorar o equipamento que as cidades haviam montado, somando ao conhecimento avançado dos marcianos. Ao abrirem o portal, foram vítimas de uma emboscada semelhante ao grupo de Draconian. Os humanos entraram em desespero, pois estavam em desvantagem numérica e de terreno. Atiraram a esmo, mas sem efeito. Muitos tombaram, muitos foram mutilados. Lana levantara as mãos pedindo trégua. Cessaram fogo. Um ser enorme veio ao seu encontro, acorrentou os sobreviventes, inclusive Rick, e foram levados ao mesmo local onde prenderam Draconian.

Tanto Rick quanto alguns seguidores de Draconian, tendo se precavido do pior após o que acontecera com os rebeldes, prepararam-se para aquele momento e esconderam ferramentas úteis para uma fuga. Alguns dos rebeldes levados por Lana contaram ao general sobre a generosidade da humana, e então ele propôs uma aliança para que não os matasse ali mesmo, em troca de ajuda. Lana e Rick voltariam à Terra e trariam o máximo de guerrilheiros, enquanto Draconian tomaria o poder, pois era influente. Acordo feito e o pequeno grupo começou a jornada, assassinando guardas, tomando suas armas, enviando mensagens a todos próximos para que se juntassem a causa. E assim o exército crescia. Lana buscara alguns humanos e, em alguns dias, os tiranos foram derrubados e Draconian assumiu.

Dezembro

A rebeldia, a coragem e a empatia de Draconian inspirou muitos dos seus. Todos o adoravam, porém, o problema alimentar perdurava. A aliança com Lana e Rick permaneceria, mas eu precisava usar sua influência. Propôs algo aterrorizante, mas extremamente benéfico para aqueles que são líderes natos e anseiam por um mundo melhor para sua prole, como era o caso dos dois. No começo, sentiram-se traídos, mas, após a explicação do monstro, tudo fazia sentido. Afinal, o que seria um grão em uma enorme praia?

Lana e Rick seriam líderes mundiais após preverem invasões marcianas ordenadas por Draconian. Ele avisaria os dois onde e quando e levaria humanos ao planeta vermelho, no começo, para gerar o caos. Com o tempo o casal ganharia fama e posições. Quando comandassem os exércitos, ambos perderiam combatentes nas invasões para não despertar suspeitas. Alguns soldados dos dois planetas saberiam dos planos, mas teriam familiares sob custódia para não revelarem o segredo. Os marcianos invadiriam, levariam comida humana, alguns deles morreriam no confronto com os projéteis verdes, Draconian seria o salvador de Marte, Lana e Rick seriam os salvadores da Terra, e os Saturnianos estavam prontos para aniquilar ambos.

PANDÊMICO
Hezio Jadir Fernandes Jr.

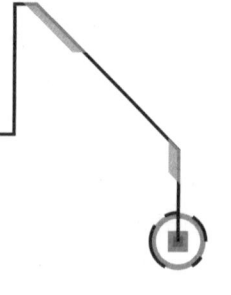

— Dr. Robert, já podemos começar — disse Dr. Carlos cobiçoso.

Dr. Carlos é douto facultativo em paragonados enigmas à artificial inteligência àquela Universidade.

Estávamos interligados ao Dr. Robert do outro lado do orbe e pelas mais recentes ferramentas da chamada telemedicina.

A ansiedade tomou conta da iátrica távola onde me encontrava.

Dr. Robert iniciou seu colóquio em pátria língua, mas ensaiou trechos em português arcaico.

Também, pudera. Quantas vezes já esteve no Brasil, palestrando e disciplinando a todos. Até mesmo enamorando, diziam os mais próximos.

Sábio na tal medicina de precisão, dedicara-se nos últimos anos a inserir nesta área os supercomputadores.

Foi justamente esse o objetivo daquela conferência.

Dr. Robert passou a interagir, do outro lado da fria tela, com sua supermáquina.

De escopo apreender do novo morbo mundial.

Há alguns anos pura científica ficção, porém já realidade nos atuais.

Passou então a conceber certames ao computador após cevá-lo de todos os dados epidemiológicos factuais, quadros clínicos de variados pacientes, assim como achados de séricas análises e de corpóreos retratos.

Minutos e horas extrapassam. As decifrações do aparato são vagas.

Tangenciou, nas não elucidou ao central questionamento, que seria como abetumar a mal-apessoada pandemia.

Findado o científico concílio, padecemos com amálgamas de ansiedade, seguidas de depressivo aborto.

Dr. Robert terminou seu colóquio aludindo acerca da necessidade de termos mais informações para alentarmos ao super Sir Watson.

Após praxes frases de encerramento, nos despedimos.

— *Dr. Carlos, gostaria que o Senhor me desse um minuto.*

Até agora não sei como reuni tanto destemor.

Dr. Carlos era um homem descerimonioso, porém exageradamente cético.

Sua natureza cientificista imperava.

Após alguma delonga, disse que deveríamos esgravatar "outras maneiras" de chegarmos até a almejada resposta.

Ainda não sei como, mas o convenci a seguir-me naquele final de semana para o interior do estado, em casa de meus pais junto a meus familiares, e que poderíamos estar com Eneida, comadre de longa data e assessora espiritual daquela urbe.

E assim se fez.

Após algumas horas de travessia adentramos à cidadezinha e fomos de salto prosear com aquela que seria nosso objetivo maior.

Eneida, sabedora da importância da visita, nos autorizou a sentar à mesa e de súbito já se mostrou incorporada.

— *Quem é você? Quem é você? Fala!!!*

Vastos segundos trespassaram.

Estávamos buliçosos e não tencionávamos malograr a amarração com o Além.

— *Fala pelo amor de ...*

— *Deus!!!* — tal bramido saiu do bocal de Eneida.

De assalto destrançamos nossas mãos.

A ignávia tomou-nos por alguns segundos.

Prognosticável, afinal nunca atinamos com o que vamos entrever no além-campa.

Demos novamente os gatázios para revivescer naquilo que era nosso desígnio maior.

O que clamávamos atinar?

O apocalipse?

O juízo postremo?

O fim de tudo estaria abarbado?

No axioma, apetecíamos saber da dita pestilência.

Ah... a pandemia!

Queríamos safar aclarados.

Apenas um elóquio.

A mais iniludível e plausível.

Que nos incutisse.

Ou nos deixasse até mesmo com mais inquirições.

Mas que crêssemos.

Apenas um vocábulo que aclarasse o porquê de tamanho penar da Humanidade.

Estávamos aduzindo a quem?

Na verdade, queríamos um ás.

Um ás, no fito anímico e em mazelas pandêmicas.

Que insânia a nossa!

Se pudéssemos antepor, gostaríamos de cavaquear com Anjos, Arcanjos e Santos.

Aí sim, teríamos a constância da retidão dos memorandos.

Anjos não lorotam! Diria o pároco daquela aldeia.

Santos menos ainda!

Talvez bedelhar com algum deles, por alguns segundos.

Como espécie, São Sebastião, o Santo da Peste.

Não, ele não feneceu da maligna.

Aguerrido do Império Romano, foi seviciado e alvejado a dardos por ser Cristão, algo passível de execração e decesso àquela estação.

Demandado por seus sumos, nunca negou sua credulidade.

Como portento, restabelece dos lanhos em seu tronco.

Volta para defronte a seus afamados.

Pirraceia em não negacear a Deus.

Novamente supliciado vêm perecer.

Tem seu corpo impelido a um poço. Logo remido por Luciana, posteriormente santificada, para que pudesse dar-lhe digna sepultura.

Até aí, sem peste alguma, mas, no ano de 680 d.C., tem suas relíquias carreadas para a Basílica de São Paulo Fora dos Muros.

Há resenhas de que a negra praga que assolava Roma naqueles ensejos teria incontinenti findado após a transladação delas.

Ou então São Vitor e Santa Corona.

Isso mesmo, sem graçolas, Santa Corona.

Vitor, soldado do Império Romano e Cristão, fora vexado ferozmente por ditame de seus sublimes, na Síria onde estava alistado.

Teve os olhos abiscoitados e fora degolado após.

Enquanto padecia do martírio de seus verdugos, fora achegado por Corona, jovem consorte de um ítalo mavórcio, que passa a perorar junto a seu jirau de amofina.

Pela vedação de proferir-se Cristã em público, fora também cativa e reputada à revelia.

Subliciada no prelúdio, teve seu corpo catapultado em meio a duas palmas que fenderam os membros de seu tronco.

Seus sacrários foram acomodados na cidade de Anzu, insolitamente o epicentro da hodierna pandemia em solo Itálico.

Santa Corona, como ficara afamada, é reputada como uma das várias santidades a operar na intercessão contra epidemias, pestes e pandemias.

Ou então o Arcanjo São Rafael.

Preclaro *"Deus da Cura"*, significado de seu epíteto.

Na íntegra em numerário de sete.

Partícipe do alto escalão na Hierarquia das Divindades.

Porém, foi uno a flanar na Terra como Humano para poder interatuar com amauróticos e enfermos.

Fi-lo porque o quis.

Está associado a iátricos e nosocômios, como guardião deles.

É tutor dos enfermos, restaurador da visiva e afugentador dos males que dilapidam a higidez do Homem.

Ou então a Amabie, sirena lendária do populário japônico.

Plena coberta por escamas, abona-se que sua efígie tem o mando de restabelecer os enfermos e cessar epidemias.

É até os dias de hoje venerada em certas regiões nipônicas.

Mas cada um de nós devassa respostas onde controla.

Ciência, religião, escrituras e até numes.

Estes últimos, os tais desencarnados, afiguram ser mais inteligíveis de deslindar.

Proclamam que estão por aí aos bocados.

Nos acolitando, nos guiando e quiçá nos desconcertando outrossim.

Portariam os recibos para todas as mazelas e morbos?

Fitamos que aqueles que já marcharam, *"desta para melhor"*, quem pode saber, seriam possessores de menções anteferidas acerca do nosso venturo.

Ledo tapear o nosso.

Mas nossa troupe porfiava.

Queríamos ao menos pelejar por decifrações mais fazíveis e em proveniências mais cativas.

Escolhemos buscar a Eles, os tais finados.

Como já dito, queríamos um ás em pestilências e pandemias.

Queríamos um Pasteur, um Oswaldo Cruz, um Ricardo Jorge, ou um simples acólito de algum deles em vida.

Louis Pasteur foi egrégio cientista francês que em muito acolitou para a *"teoria da microbiologia das doenças"*.

Criador da vacina contra a hidrofobia e do método vanguardista para a custódia dos alimentos, a pasteurização.

Sua gnose nos ajudou a abarcar as doenças e a traçar métodos de acautelamento contra epidemias.

Não era asclépio, mas deixou um rastro de conhecimentos aos esculápios.

Já Oswaldo Cruz, brasileiro, galênico e prógono na ciência das moléstias tropicais intrometeu-se em diversas epidemias, desde o surto de peste bubônica registrado na cidade de Santos, como também em outras cidades portuárias.

Asseverou que a epidemia seria incontrolável sem o uso de adequado soro.

Roborou à República da conveniência de agendrar o mesmo em solo pátrio.

Aferrado pugnador contra os achaques, ainda atuou frente à supressão da peste amarela e da bexiga, na capital à época.

Mal apreciado, teve sua efígie talhada em charges da época quando da Revolta das Vacinas; manifestação pública devido à compulsoriedade da vacinação.

Já Ricardo de Almeida Jorge, esculápio português, com sua obra *Higiene Social Aplicada à Nação Portuguesa* introduziu no século XIX modernos conceitos em saúde pública.

Em 1899 atuou na peste bubônica na cidade do Porto, com maestria.

Isolamento social, evacuação de casas onde estanciavam infestados e desinfeção delas foram políticas empregadas e acasteladas por ele.

Também mal apreciado, teve que deixar tal urbe devido às medidas compulsórias adotadas.

Retornou à resenha médico-política alguns anos após, na pneumónica.

Tifo, varíola e crupe também foram alvos de sua sapiência.

Bom seria se fôssemos agraciados com a alma de um desses grandes Homens àquela noite.

Câmara escura.

Um crucifixo na parede atrás de Eneida.

Quatro brandões minguados, sendo uma em cada esquina da pequena parte.

Quatro pessoas apenas, de mãos dadas por sobre uma decrépita távola de madeira.

Muitas perquisições a serem obradas.

Imensos pirronismos.

O porquê de tudo aquilo?

O que estaria advindo com o Mundo?

Coima dos céus ou obra do Ciumento? Sim, o que não quer o bem da Humanidade.

Ou, simplesmente, a iteração de profusas eras da História Humana.

Fartos Armagedons e desde muito antes de Cristo.

Os anteriores a Ele, relatados nas linhas do Sagrado Livro.

Epidemias, anuviamento de acrídios e outros mais.

A Humanidade parece anuir os estropícios e a mortificação urdida por ela.

Aquiesce pugnas, a paupérie e a inópia.

Acede o niilismo das enxaras com toda vida que há inclusa a elas.

Condescende com a assolação do planeta, dos ares e também com o apagamento de alimárias.

Quando rendido pela mão humana tudo parece arrazoar.

É o desenvolvimento, é o progredimento, é a avultação dos entes.

Enristar o astro e a natureza passa a ser, digamos, crível.

Porém, hecatombes não engendradas pelas mãos Humanas, estas sim passam a ser controvertidas e outorgadas a Deuses e tendeiros.

Será o epílogo da estirpe Humana?

Tudo que não conseguimos dilucidar cai no sombrio e na quimera.

Fossemos até mesmo nas penumbras as decifrações que almejamos.

No caso do nosso quarteto, o catar era pelos não mais recordados em corpo, e sim penas em alma.

Mas será que teríamos mesmo essa pujança?

Careceríamos mesmo atabular com aqueles que não mais aqui se situam?

Condão interrogado por muitos e benquisto por vários.

Mas teriam os finados revides para tudo?

Até mesmo para as epidemias, pandemias e tudo mais que nos aflige?

Mesmo as advindas de seres ínfimos?

De tempos em tempos vivenciamos com os tais *"invisíveis"*.

Bactérias, bacilos, fungos, vermes, protozoários e vírus são os maiores vis.

Ah… os vírus!

Não os descortinamos e não os apercebemos, mas cremos naqueles que com aprestos os divisam e lhes dão nomes estrambólicos.

Antonomásias de outras pátrias, com fontes e sinais alegadamente sem liame.

Guiça, somos infestados e infectados por esses seres de âmago desprovidos.

Tombamos à cama e até podemos ser supliciados por essas partículas desalmadas.

Tiranizam o nosso corpo, arrastam-nos para a obscuridão dos males e do padecimento.

Em muitos casos apossam da nossa vida, metamorfoseando o nosso passadouro mundano.

— *Quem é você?* — inquiriu o parceiro ao lado direito de Eneida e defronte a minha pessoa.

Eneida está em transe.

Parece não estar neste mundo.

Toma feições díspares.

Sinais comezinhos padecem em sua face.

Há uma alternância em sua fronte.

Ora expressões de passividade em meio a trejeitos de bravura.

Deveras, não era mais a afável Eneida.

Com saberes mediúnicos, a dita cuja é insigne naquelas cercanias.

Muitos bradam que não aquiescem em seu poderio.

Mas mesmo estes a afetam.

Eneida jamais quis injungir seus dogmas.

Jamais porfiou em público suas convicções e idiossincrasias.

Dissímil, era graúda por todos, afeiçoados e até por sabidamente os não muito.

Polemizar estaria longe dos seus préstimos.

Injungir jamais.

Acho que por isso a condescendem.

É razoável até mesmo que alguns a temam.

Afinal de contas, falar com desencarnados não é para qualquer.

Não era inusual Eneida ser tema de colóquio em tavernas.

Também, não havia muitos motes para altercar naquela aldeia.

Quanto maior o número de sorvos, maior a afoiteza de alguns.

Passada a borracheira, aqueles que reptavam seus saberes se irrompiam logo a contraditar quaisquer asneiras e ofensas.

— *Sou aquele que vocês procuram* — disse Eneida, incorporada.

— *Identifique-se por favor!* — disse Olavo sem pestanejar.

Usando as beiçanas de Eneida, o desencarnado passa a intertuar.

Não dá alcunha, comprovativos ou algarismo telefônico.

Também aturara!

Só minguara essa agora!

Finado com celular, aplicativo de cavaco ou com silhueta em tramas sociais.

Pândego demais!

Mangações à parte, relata ser alguém que por séculos passou por contendas, enfermidades e pragas.

— *Você pode nos explicar por que tanto calvário?* — interrogou o colega ao lado de Eneida.

— *Vocês não sabem nada! Sofri muito! Pestes foram minhas sinas.*

— *Nos explique melhor!* — disse Olavo, dirigindo-se à Eneida.

— *Nas minhas várias encarnações tive diversas alcunhas. Muitas relacionadas a notáveis.*

Fui Péricles, o grego, alguns séculos antes de Cristo.

Junto a mim o povo de Helena vivenciou seu apogeu.

A peste veio em seguida e nos talou.

Pústulas alindavam nossas faces e troncos como que do nada.

Campos ficaram cobertos de corpos expostos ao frio noturno, à chuva e ao Sol aceso.

Os que perduravam por mais alguns dias eram acometidos por grave afitamento e desviviam áridos.

Os corpos apodrentavam antes mesmo do exício.

Abutres não tinham destemor de dizimar nossas carnes putrefeitas.

As primeiras penosas que degustassem do cadavérico almoço, tombavam findas minutos após.

— Foram mais pestes ou epidemias vividas? — interrogou Olavo após minutos de pausa.

— Algumas décadas após a já relatada Peste de Atenas, volto como soldado cartaginês de baixa patente.

Estávamos em pugna contra o Império Romano.

Já em plagas inimigas sitiamos a bela cidade de Siracusa.

Como vinda do nada, abstrusa enfermidade dizimou todo nosso hoste.

Soldados tombavam no prélio campo ardentes de cólera.

Delírios, afitamentos e convulsões cessaram com o brio dos armíferos.

Fomos derrotados, agora pela Peste de Siracusa, e refreados a fragmentos de corpos ofendidos pelo ítalo aço em meio a mandrágoras buzinas.

Sem dúvida, os Deuses estavam ao lado do Imperador Romano.

— Seu sofrimento terreno aí perfaz? — indagou Olavo.

— Apetecera eu!

A reencarnação me laureou novamente.

Volto como o galeno Guy de Chauliac no século XIV em Avignon, França.

Afilhado a Pedro Apóstolo Príncipe dos Apóstolos Clemente VI, fui abalroado da negra praga.

Epidemia de grande duração e que foi a genetriz de enormes pesares.

Pirexia intensa e muita peitogueira.

Gosmos hemoptoicos cobriam o chão de vermelho.

Alguns dias se passavam e grandes fleimões tomavam nossas virilhas e axilas.

Máculas enegrecidas varriam nossa tez.

Cadáveres infestavam as calçadas das cidades e estradas.

Sepulcrários começavam a ser erguidos para inumação em rasos sepulcros.

Experimentei a peste, mas consegui sobreviver.

— O que você nos diria sobre este momento de doença mundial? — indagou Olavo, apertando a mão direita de Eneida.

— Em verdade, em verdade vos digo... toda a espiritualidade sabe que tempos de doença são tempos de refletir a existência humana frente a todo universo que nos une.

Somos parte integrante da natureza, mas não nos comportamos à altura.

A negamos e a todo momento tentamos transformá-la.

Não a acatamos como deveríamos.

Deixar de lado nossa prepotência e cultuar a simplicidade deveria ser mandatório.

Aceitemos os manás e decifremos que a vida pode nos ser subtraída a qualquer momento e que as cânones que imperam são as do Universo.

— Mas até quando teremos a Pandemia? — indagou Olavo, entusiasta.

— Até quando O Artífice anelar! — respondeu desapiedado.

Eneida bafejou de sobremodo como se acordasse de profundo devaneio.

Descerrou seus pequenos lumes.

Perfez as mãos pela madeixa de grisalhos fios tentando compô-los.

Remanso total na sala.

Crendo-se recuperada, mas ainda com ares de exaustão, lobrigou para os lados.

Aljôfares deixam seus pequenos mirantes em mando aos seus esquálidos lábios.

— Ainda não foi desta vez! — disse Eneida com ares de demasiado dissabor.

Gozo e bafejar ainda arfantes.

Aos poucos foi sopitando, porém com enorme face de agrura.

— Não se preocupe, Eneida. Pugnaremos outras feitas. Você fez muito mais do que poderia.

Fio-me que com essas palavras Olavo tentava remediar o malogro que sentíamos naquele átimo.

As interrogações ainda perseveravam.

Estivemos à frente de um ímpar protagonista.

Narrou-nos vultosos tentames e com descomunal pertinência.

Algo gêmeo e exíguo, porém veraz preleção de anais.

Mas não hipotecou a dar respostas acerca do porvindouro.

Decerto porque somos qualificados a traçá-lo ao liberto talante.

Porém, o cognoscível para mim, naquele momento, é que o vindouro ao Onipotente vincula-se.

— *Apaguem os círios e acendam a luz* — bradou Eneida.

— *Retornemos às nossas vivendas em paz?* — indagou Olavo.

— *Vamos todos com o Onipotente* — completou ela.

— Âmen!

Este último fora aludido por todo quarteto a um só vozear, à mesma inflexão e de maneira pertinaz, como se transcorrêssemos convencionados.

A RETOMADA
André Barbosa

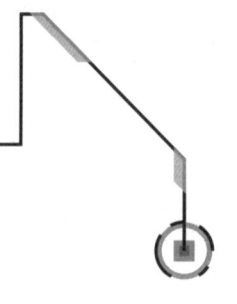

Já faz dez anos que esses miseráveis chegaram aqui. Foi um verdadeiro massacre. Com suas naves e tecnologia avançada, nos dizimaram, os poucos de nós que sobraram vivem como animais nos escombros da cidade, em *bunkers* ou em qualquer outro lugar que ofereça refúgio.

A resistência humana durou pouquíssimo tempo, não há como derrotá-los. Eles são mais fortes e seu arsenal é incomparavelmente maior e mais avançado. Restou nos rendermos ou nos escondermos.

E sim, muitos de nós foram escravizados, vivendo em campos de trabalho. Os desgraçados têm uma alimentação parecida com a nossa. Trouxeram com eles plantas, animais, e nos colocaram para trabalhar. Alguns de nós se adaptaram a essa vida desgraçada e, inclusive, não apoiam os que lutam para se libertar. Acostumaram-se com a ideia de que esses aliens são superiores a nós e simplesmente desistiram da luta.

Ao longo desses anos, fizemos pequenos ataques e percebemos que a única forma de derrubar um grandão é no combate corpo a corpo. "Grandão" é como chamamos os aliens militares. Percebemos que há várias raças de aliens trabalhando juntas para fazer essa invasão funcionar, mas é com os grandões que devemos nos preocupar, eles fazem o trabalho sujo desses desgraçados.

É difícil chegar perto deles, mas os ataques furtivos têm sido uma luz no fim do túnel.

O meu grupo aqui no Brasil sobrevive no meio dos escombros de São Paulo. Somos em seis, e só estamos vivos até agora porque o Plínio é um ex-militar e nos treinou como um grupo de elite. Seu currículo é invejável. Durante seu tempo em serviço, treinou combate corpo a corpo em Israel, além de participar com os estadunidenses de várias incursões. Isso tudo contribuiu para que fôssemos bem-sucedidos e nos mantivéssemos como uma pequena resistência contra os aliens.

Eu sou o responsável pela navegação, cuido da nossa movimentação por esta terra de ninguém que se tornou nosso planeta. O Santana cuida do inventário – quantidade de comida, munição e tudo que envolve organização. O And é o TI do grupo. A parte tecnológica é com ele. Ele é fascinado pela tecnologia desses bichos e isso nos dá muita vantagem estratégica para nossas emboscadas. O Amil é irmão do And, mas não herdou a inteligência da família, porém é o nosso melhor lutador, é ágil e o melhor quando o assunto é matar grandões. E temos o Ali, que é o músculo da equipe e também prepara nossas refeições.

Estamos nos preparando para mais um ataque. And interceptou uma mensagem enviada para uma base que fica perto de nós. Lá, eles têm mantimento, munição e um radiocomunicador. O And quer tentar entrar em contato com outros grupos de resistência, já que ele descobriu, acessando a rede dos aliens, que há mais como nós. Desde então estamos animados com a possibilidade de nos unirmos e aumentar nossas chances contra esses parasitas. Agora, minha tarefa é encontrar um caminho seguro para chegarmos até lá.

— E aí, Luiz! Como está a rota? — perguntou Plínio.

— Nada fácil. Para chegarmos até a base teremos que passar por duas vilas infestadas de grandões — respondi.

— Não dá para contornarmos?

— Não, porque o And disse que temos apenas um dia para chegar lá. Eles vão desativar a base e levar todos os equipamentos para a sede. Essa é nossa melhor chance de conseguir um comunicador. Teremos que passar pelas vilas mesmo. Pensei em utilizarmos os esgotos, mas da última vez tinham mais grandões lá do que na superfície, acho que não vale a pena arriscar. Foi horrível lutar com eles no escuro, o Amil quase perdeu um braço enfrentando aqueles dois grandões ao mesmo tempo, até hoje ele se gaba de ter conseguido sair com vida e com os dois braços daquela luta.

— Verdade! Então faremos do jeito difícil mesmo, vamos pela superfície e da forma mais furtiva possível. Pessoal! Sairemos em duas horas. Se preparem!

O Ali providenciou uma refeição rápida e logo saímos a caminho da base alienígena.

Depois da guerra ficou difícil caminhar pelas ruínas da Grande São Paulo. Agora, de fato, ela é uma selva de pedra, pois a mata cresce vigorosa em meio aos prédios caídos e carros abandonados. Os animais selvagens se igualaram à quantidade de humanos, e é comum esbarrar com eles em qualquer canto. Tivemos que voltar a desenvolver instintos que não eram necessários devido ao conforto que nossa sociedade havia alcançado e, infelizmente, alguns humanos se perderam nesse processo, tornando-se verdadeiros animais que vira e mexe também nos atacam. Chamamos eles de "perdidos". Então há aliens, animais e humanos loucos, e todos parecem ter um único propósito: nos matar.

Ao chegarmos na primeira vila vimos que havia poucos grandões: 16 exatamente falando, um número razoável, perigoso, mas não era nada que nós já não havíamos enfrentado. O And *hackeou* um tipo de satélite dos aliens que nos permite saber exatamente onde eles estão, e, um a um, derrubamos os desgraçados.

— Muito bom pessoal! — disse o Plínio, depois de matar os dois últimos grandões. — Estamos cada vez melhores em nossos ataques. Vamos encontrar um abrigo e descansar. Temos que seguir para chegar a tempo na base.

Descansados, partimos para a próxima vila, que ficava a cerca de dez quilômetros dali. No meio do caminho esbarramos em um grupo de perdidos. O And não os encontrou no radar pois estavam próximos a uma instalação elétrica, e isso os deixou camuflados do satélite.

Não foi uma luta fácil. Havia entre eles um cara enorme, e foram necessários três de nós para derrubá-lo. Amil, Ali e Plínio fizeram o serviço, mas saíram bem avariados.

Após essa luta inesperada, decidimos fazer mais uma parada. Desta vez o Santana teve que cozinhar, pois o Ali estava cuidando de seus ferimentos.

Estávamos quietos, pensativos, refletindo se conseguiríamos cumprir o nosso objetivo. De repente, Plínio se levantou e disse:

— *Amigos, eu sei que vocês estão exaustos, eu também estou, mas as nossas chances de sucesso contra esses aliens aumentarão consideravelmente se esse comunicador estiver em nossas mãos. Unidos com outros grupos como nós, poderemos vencer esses malditos, destruí-los ou forçá-los a voltar ao inferno de onde saíram. Busquem forças na esperança de que nosso mundo possa voltar a ser só dos humanos. Vamos mostrar para esses demônios que a raça humana não será subjugada, nem por eles e nem por qualquer tipo de ser que exista no universo.*

Suas palavras foram mais que suficientes para nos fazer levantar e marchar ferozmente até a próxima vila.

Desta vez, havia o dobro de grandões. Era uma vila de cultivo e lá também havia humanos escravizados: alguns deles conformados com aquela situação desgraçada, mas outros certamente com sede de vingança. E essa foi a estratégia que o Plínio sugeriu, ou seja, convencer alguns a se rebelar e lutar. And descobriu que havia um tipo de prisão para os rebeldes, então Plínio me enviou para tentar convencê-los a lutar, o que não foi muito difícil, pois estavam cheios de ódio e desejo de vingança.

Matamos os quatro grandões que cuidavam da prisão e libertamos cerca de 15 homens e dez mulheres. Para nossa sorte, essa vila já estava organizada para se rebelar, eles tinham armas escondidas e nossa chegada foi providencial para que eles fossem bem-sucedidos. Rapidamente montamos um esquema. Neutralizamos a comunicação dos aliens e atacamos por todos os lados sem sequer dar tempo para os grandões reagirem.

Depois dessa grande vitória, nos reunimos com os líderes daquela aldeia e contamos nosso plano ousado. Alguns queriam até ir conosco, mas o Plínio os convenceu a ficarem, pois mais gente comprometeria nossa estratégia furtiva.

Após descansarmos um pouco, partimos para o nosso objetivo final.

Rapidamente chegamos à base. Logo, Plínio nos reuniu e passou todos os detalhes do plano. Estávamos fazendo algo ambicioso, nenhum humano até o momento havia tentado invadir uma base alien.

Enquanto o And escaneava a área, o Ali e o Amil preparavam suas facas e pistolas. O Santana havia separado e guardado munição para necessidades extremas. Bombas incendiárias – elas iriam transformar aquela base em um inferno e, quando os grandões percebessem o que aconteceu, nós já estaríamos longe dali.

Com tudo planejado, demos início à nossa empreitada ambiciosa.

Assim que o And cortou as comunicações dos aliens, eu e ele entramos sorrateiramente pelos dutos de ar e fomos até onde o comunicador estava. Neutralizamos os dois aliens presentes na sala e pegamos o comunicador. Ele era do tamanho de um frigobar, e não havia como voltar pelo mesmo caminho, por isso Plínio teve a ideia de soltar as bombas incendiárias nos tanques de combustível, para chamar a atenção dos grandões. E deu certo. O Ali e o Amil jogaram as bombas e fugiram pelo esgoto, enquanto o Plínio e o Santana neutralizaram os poucos grandões que impediam a mim e o And de sair com o comunicador. Assim que saímos, ele apertou um botão que acionava os presentinhos que deixamos para eles na sala de comunicações: mais bombas incendiárias, agora ativadas por controle remoto.

Encontramos o Ali e o Amil na última vila, rindo, imaginando a cara dos aliens ao serem enganados por quem eles julgam inferiores. O And ligou o comunicador e, depois de algumas horas, conseguiu encontrar grupos como nós espalhados por todo o mundo. Começava ali a unificação de forças para a retomada de nosso planeta.

ARGON E OS AZUIS
Cris Rossi

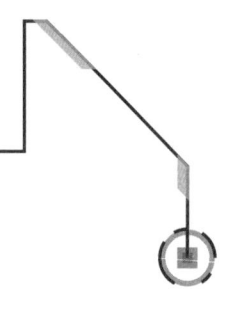

Planeta Terra, 3017...

Que angústia! Que angústia! Que angústia!

Sentado em cima de uma pedra, no meio da mata, Argon avistava a fazenda distante, iluminada apenas pela luz intensa da lua. Ainda sem fôlego, depois de correr muito, ele vislumbrava a silhueta azul de quatro homens que lá estavam. Haviam invadido a fazenda onde morava. Eram altos, corpos semelhantes à raça humana, e tinham a cor da pele azulada. Argon estava assustado e tentava entender toda aquela situação estranha. No meio da madrugada, aqueles seres diferentes apareceram do nada e transmitiram a Argon pelo pensamento, que precisavam dar-lhe duas cápsulas comestíveis e com consistência gelatinosa.

Mas o rapaz, nos seus 17 anos, com estatura mediana e cabelos claros, entregou-se a um medo intenso,

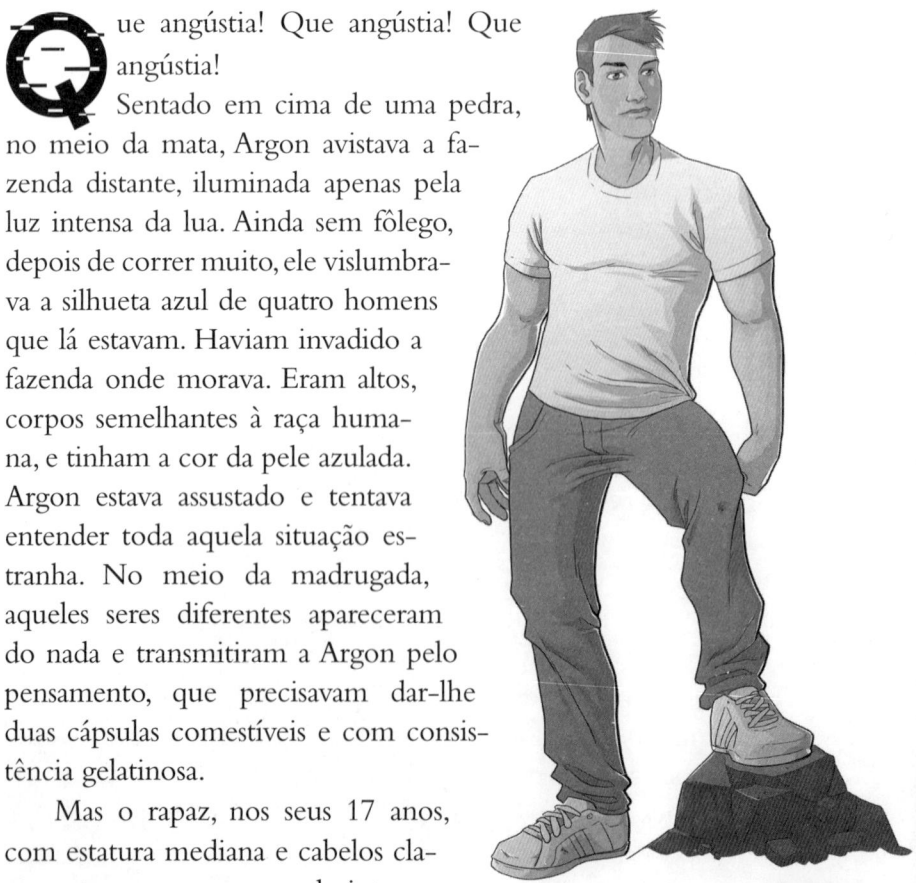

Argon

empurrou um dos seres azuis e pôs-se a correr rumo à mata. Na sua fuga, ele "escutava" em sua mente que "precisava ingerir as cápsulas" para que o horror pelo qual seu planeta estava passando naquela época pudesse ser abrandado e até dissipado. Bastava ingeri-las para receber conhecimento genético e memória de muitos antepassados.

A Terra havia sido infestada por um vírus extremamente contagiante, que causava demência precoce. Todos os humanos, ao atingirem 18 anos, começavam a apresentar sintomas como falta de memória, de coordenação motora, de capacidade visual etc....

Ainda escondido na mata, Argon, agarrado ao seu cão da raça *schnauzer* chamado Nick, percebeu, em um dos bolsos do seu velho casaco duas cápsulas gelatinosas guardadas dentro de uma esfera brilhante. O medo invadiu sua espinha, fez tremer suas mãos, e ele guardou-as rapidamente. Pensou: *Como vieram parar aqui?*.

A lua foi atravessada por uma nuvem, perdendo a intensidade de seu brilho, e deixou os seres azuis invisíveis. Mas, com a certeza de que eles ainda estavam lá, o rapaz e seu cão resolveram encarar a estrada de chão batido e seguir destino indefinido.

Passou quatro dias andando e, nos momentos de descanso, não conseguia parar de pensar que seu tempo de vida lúcido estava acabando. Lembrou-se de seus amigos mais velhos que se tornaram humanos incapazes após a idade limite imposta pela pandemia. Muita tristeza no planeta, em um lugar onde alguns jovens cuidavam de pessoas incapacitadas e outros as descartavam...

Sob uma garoa fina, exaustos e famintos, Argon e Nick tiveram suas energias renovadas quando avistaram uma fazenda escondida no meio da pequena estradinha. Curiosos, foram até a entrada, tocaram um gigante sino de cobre e, após a terceira badalada, Argon ficou espantado ao ver uma jovem mulher, com seus 45 anos, lúcida e saudável, dar-lhes as boas-vindas.

Catarina, ao ver o garoto e o pequeno cãozinho naquele estado frágil, recolheu-os para o interior da casa central e deu-lhes alimentos e água. Surpreso ao ver tudo arrumado, impecável – frutas, legumes, pães, água potável e mais 20 pessoas, entre jovens e velhos –, ele desmaiou e dormiu por 12 horas.

Ao abrir os olhos, Argon encontrou uma jovem moça segurando Nick nos braços. Ela afagava o seu cãozinho com leveza e ele alternava o olhar entre o quarto amplo e aconchegante que ocupava e a beleza daquela moça. Ela, percebendo o jeito tímido e curioso do rapaz, disse que se chamava Fernanda, tinha 16 anos, morava na fazenda e, com um leve sorriso nos olhos, relatou amar cães. Argon sorriu e, por alguns instantes, ele esqueceu-se dos horrores que havia presenciado em sua fazenda, enchendo sua alma com uma boa dose de carinho e amor. Quebrando a troca de olhares dos jovens, Catarina entrou no quarto trazendo um prato de sopa. E logo foi enchendo o jovem de perguntas:

— Filho, como você veio parar aqui? Como está o mundo lá fora? Estamos ouvindo no nosso velho comunicador rumores de invasões alienígenas...

Argon contou-lhes sobre a invasão de sua fazenda por seres azuis e também sobre o avanço da doença.

Catarina e Fernanda trocaram olhares...

Era impressionante como as pessoas daquele lugar não haviam sofrido com as mazelas do mundo externo. Eram saudáveis, ativas e conseguiam gerar seus próprios alimentos.

Fernanda se mostrou sensível com a narrativa de Argon e uma tristeza imensa tomou conta do coração dela quando ele contou que também estava com o vírus e já sentia os seus efeitos. As falhas leves na memória já sinalizavam o avanço da doença e ele, com 17 anos e dez meses, teria apenas mais dois meses de lucidez. Catarina disse a ele que não sabia explicar por que todos da fazenda não ficaram doentes, mas sua família e seus funcionários trabalhavam muito para que a fazenda fosse sempre autossustentável. Não saíam de lá, pois os que saíram nunca mais retornaram.

Muitas tentativas de barrar a pandemia haviam sido frustradas. Os cientistas não conseguiam determinar os elementos agressivos contra o cérebro humano e somente realizavam tratamentos para amenizar os sintomas, mas sem muitos resultados significativos. O planeta definhava, as pessoas esqueciam suas histórias de vida, os jovens se perdiam em um mundo cheio de gente sem passado e o futuro se tornava algo desconhecido e assustador. Ninguém ousava fazer planos, concluir projetos, edificar estruturas ou ter esperanças de continuidade nos processos naturais da vida.

Depois dessa conversa com Catarina e Fernanda, Argon foi convidado para conhecer a fazenda. Ficou extasiado com as plantações, os animais e a boa energia que pairava naquele lugar. Pensou em ficar alguns dias por ali, visto que todos estavam felizes com a sua presença, mas acabou ficando por mais 30 dias. Nesse período, estreitou seus laços afetivos com Fernanda e, a cada troca de olhares entre eles, a suspeita de que aquela seria a última vez era enorme.

Certa madrugada Nick, o cãozinho *schnauzer*, acordou todos da casa grande com latidos e uivos estridentes. Ele olhava para a porta da sala, rosnava e encarava Argon. Parecia dizer algo a ele! Em seguida, uma luz azul brilhante passou pelas frestas das portas e janelas e o cãozinho levitou até o teto. Depois, desceu suavemente até alcançar o chão. Catarina o observava com muita atenção e olhos arregalados! Em seguida, as luzes sumiram e ela mandou que redobrassem a vigilância da fazenda.

O tempo corria e, em uma noite de céu com muitas estrelas brilhantes, Catarina resolveu preparar uma farta ceia ao ar livre. Todos queriam comemorar a alegria de Fernanda perto de Argon e afastar a preocupação deles com a aproximação do aniversário de 18 anos do rapaz. A lua iluminava a fazenda e recortava sombras nas árvores, enganando a visão de alguns que pensavam ver, por instantes, pessoas escondidas entre elas. Mas tudo não passava de ilusão de ótica e eles seguiam sorrindo e degustando as delícias preparadas.

Argon e Fernanda, estimulados pelo desejo de isolamento, afastaram-se dos demais e foram para um local onde a lua pudesse ser vista com mais clareza. Em um trecho de grama macia, deitaram seus corpos e, sob o luar, começaram a conversar sobre o momento da partida dele. Ela não conseguia controlar as lágrimas, e sugeriu que deveria haver algo que pudessem fazer para retardar o que estava por vir. Argon lhe disse que não poderia fazer mais nada, pois ele já estava sentindo os sintomas. Um silêncio muito intenso e dolorido invadia os dois, até que as folhas das árvores começaram a fazer um barulho escandaloso. A lua foi ofuscada por algo enorme e cinza que lançava flashes de luzes coloridas. Uma ventania tomou conta do lugar e os dois cobriram os rostos com os capuzes dos casacos.

O silêncio voltou. Ambos abriram os olhos e viram, em sua frente, dois seres azuis, com a aparência semelhante à dos humanos e peles brilhantes. A vontade de fugir dos dois jovens foi segurada pela paralização dos movimentos de seus corpos. Uma das criaturas azuis se aproximou do rosto de Argon, segurou sua cabeça e passou, em pensamento, instruções para que ele procurasse no bolso do casaco a esfera brilhante com as cápsulas. Sugeriu que as ingerisse e ensinou-o que elas continham DNA compacto múltiplo de todos os antepassados terráqueos e não-terráqueos. O rapaz estava assustado e pensava que tinha somente mais 30 dias de vida. Ele sabia que todas as formas de vida do planeta, com exceção de alguns vírus, têm suas informações genéticas codificadas na sequência das bases nitrogenadas do DNA.

Então por que não tentar?

Olhando para a face do ser azul, retirou as cápsulas do bolso e as engoliu.

Uma enorme onda de luzes piscantes invadiu sua mente e um redemoinho de sensações, visões e ideias povoaram sua mente. Ouvia dentro de sua cabeça que a cura do vírus estava sob o exclusivo discernimento dele, então concentrou suas forças em peneirar todas as informações que estava recebendo. Muitas teorias científicas passavam pelo seu cérebro de forma fácil e decifrada. Argon sabia que cabia a ele escolher entre milhões de fórmulas e pesquisas a perfeita para curar o planeta. Em sua mente, vieram as imagens dele andando pela pequena estrada de chão batido em busca de abrigo e os sinais dados no meio da caminhada. Nick, seu pequeno *schnauzer*, muitas vezes direcionou sua trilha, livrando-o de caminhos perigosos e decidindo entre encruzilhadas. Argon teve a sensação exata de que havia sido guiado para a fazenda de Catarina, e sabia que estaria ali a resposta do verdadeiro alívio para todo aquele mal. Respirando profundamente, conseguiu ver a fórmula de um cientista do Canadá, que havia feito estudos sobre a bolsa de tinta dos cefalópodes (seres vivos que vivem nas profundezas marítimas). Leu o artigo que dizia que existe muita melanina na composição da tinta e também leves venenos, como o ácido aspártico, a tirosinase e também a lisina. São venenos que não matam o predador, mas causam grande confusão mental.

Exaurido, Argon desmaiou.

Fernanda viu os seres azuis, que, após uma estranha saudação com as mãos, sumiram de forma leve e serena. Ela começou a gritar por socorro e funcionários da fazenda vieram em seu encontro.

Ao voltar a si, Argon percebeu tudo claro e perfeito! Nas visões, pôde ver muita tristeza no planeta e também que as ações degradantes dos humanos com relação à natureza é que desencadearam um feroz vírus capaz de exterminar a memória de seus habitantes. Com o poder das cápsulas dentro de seu corpo, ele se tornou capaz de olhar as pessoas da fazenda, que estavam ao seu redor, de uma maneira peculiar. Viu nelas bondade, serenidade, equilíbrio e um mix de luzes coloridas sobre suas cabeças. Eram humanos sim! Mas seus corpos estavam protegidos por uma barreira invisível que lhes proporcionava imunidade contra o vírus. Ainda sob o efeito de todo aquele DNA adquirido, ele conseguiu visualizar um planeta distante chamado Thunder e seus habitantes: os seres azuis. Estes viviam em plena harmonia em uma civilização avançada e tinham como missão especial ajudar outros seres do Universo. Estavam tentando avisar a Terra que tinham encontrado a fórmula para a cura do vírus. Procuravam encontrar um humano capaz de ter a configuração celular eficiente para receber o DNA compacto. Depois de muitas visitas ao planeta, descobriram em Argon a composição perfeita para tal. Ele era neto de um ser com genética avançada de uma civilização extraterrena e sua família desconhecia o fato.

Na cabeça de Argon latejava a palavra *cefalópodes!* Seres marítimos das profundezas!

Um pouco atordoado, conseguiu se levantar do chão e foi amparado pelos funcionários até a casa grande da fazenda.

Catarina, ao encontrá-lo, abraçou-o com ternura. Sem saber como abrandar a ansiedade exposta na face do jovem, prometeu fazer o risoto especial da fazenda somente para ele: "vamos todos relaxar com o que aconteceu degustando o nosso famoso risoto, feito com a tinta de cefalópodes! Ah… é tinta de polvo para os leigos!".

Depois dessa frase dita em som alto e claro, piscou para Argon, e desejou-lhe vida longa e saudável!

O Planeta Terra recuperou o estudo sobre as propriedades da tinta de cefalópodes, com a ajuda de Argon e a vida, a memória e a saúde voltaram a fazer parte da rotina de todos os humanos.

HUMANOS DO ESPAÇO
Rick Bzr

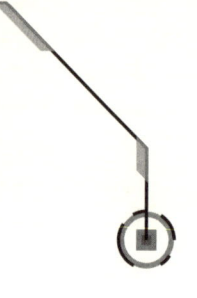

Dia 185

— ...logo estarei de volta, Megan. Vamos ter muitas histórias para contar quando eu chegar em casa.

— Tô com saudades, papai.

— Também estou, meu bem. Aguenta só mais um pouquinho que estaremos juntos já já. — Estico meu braço, buscando o violão que trouxe justamente para isso. — Papai tem uma surpresa para você, e para você também, amor. — Vejo minha esposa sorrindo do outro lado da câmera, ajeito o instrumento em meu colo, solto meus pés do chão e começo a tocar.

Conforme bato os dedos pelas cordas, perco o senso de gravidade, vou subindo, desapegado do acento ou encosto da cadeira. Flutuo em frente da câmera do monitor. O dedilhado na introdução termina dando lugar aos acordes, e por fim, à letra.

> *When I stand before you shining in the early morning sun.*
> *When I fell the engines roar and I think of what we've done...*

Sigo cantando e tocando, mesmo sentindo o aperto no peito de estar há quase 90 dias longe de casa, da minha família. Longe da Terra... Mas quando vejo as duas me acompanhando no refrão da música, minha alegria volta, percebo que logo vou conseguir cumprir minha promessa e vamos os três escutar a canção ao vivo num show da banda.

Termino de tocar logo que o capitão Vitalle me chama da porta. Estou quase de ponta-cabeça, dou um impulso, virando-me para encará-lo. Com um sinal dele, retorno para a poltrona e me despeço de minha família. Finalizo a chamada e o vejo entrando na câmara.

— Bom te ver animado assim, Ed. Como está a ansiedade para o retorno à Terra?

— Até que controlada. Estou mais tenso mesmo para voltar pra casa.

— Imagino. Normal esse nervosismo na primeira vez que vai retornar. Depois de um tempo você se acostuma...

— Sério?

— Mais ou menos — respondeu, caindo na risada. — Mesmo com os treinamentos da base e depois de ter descido três vezes, toda vez ainda sinto certo frio na barriga, como se nunca tivesse feito isso antes.

Depois de quase uma hora de conversa com o capitão na sala, vamos até os dormitórios e encerramos o dia. Ao todo, estamos em nove pessoas na estação, seis de nós irão permanecer no espaço e três retornarão para casa. Eu, Louise e Miguel ainda temos um dia de trabalho antes de finalizar a missão, descansar e, por fim, entrarmos no módulo e dizer adeus a todos aqui em cima.

Dia 186

Acordo após algumas poucas horas de sono: meus últimos cochilos no espaço, já que acompanhar 16 pores do sol durante 24 horas acaba com nossa noção de oito horas de sono perfeito. Me dou um impulso até a área do refeitório para o dejejum. Rapidamente estou pronto para fazer o último ajuste na área externa da estação.

Vou até a ponte, já avistando Louise acomodada no acento em frente às telas principais de comunicação. Na tela grande à frente, comandante Steve nos saúda e toma a iniciativa da conversa.

— Bom dia, tripulação. Como estão hoje? — Todos atualizam sua situação mental e física ao comandante e logo ele volta sua atenção para a missão. — Está havendo progresso dos reparos na estação?

— Em 99%, comandante — Vitalle responde. — Falta só calibrar o sistema e sincronizar tudo depois para estarmos inteiramente operantes.

— Ótimo! Então o cronograma para o retorno se mantém, correto?

— Como planejado, senhor. — O comandante logo encerra a reunião e sigo para vestir o traje.

Em pouco tempo já estou na escotilha para saltar ao espaço, Miguel está junto, ostentando a bandeira do Chile no ombro de seu traje. Abrimos o acesso e logo sentimos o vácuo tentando nos arremessar para fora com a maior brutalidade. À frente, o grande planeta azul.

— Ponte na escuta? Iniciando os trabalhos em três, dois, um... — dou um passo no nada e, com o outro pé ainda apoiado, dou um impulso para fora. A pouca gravidade que tinha se esvai e flutuo para a imensidão.

Sigo até uma das placas solares da base, enquanto Miguel fica na parte superior da estação, junto da antena receptora. Abro o painel de controle, ligo o dispositivo de calibração e começo os trabalhos.

Em pouco mais de uma hora finalizamos a calibração e demos início à sincronização do sistema operacional. Vitalle me comunica a cada alteração a nota em sua tela no interior da estação.

— Mais dois cliques ponto 5, Ed... isso, estamos totalmente operantes agora.

Escuto um coro em comemoração pelo comunicador e logo todos ficam em silêncio. Por cima da lataria da ISS, vejo Miguel erguendo o pulso, sinalizando para voltarmos para dentro. Fecho a mala de ferramentas e a travo na cintura do traje. Em seguida, parto em sua direção.

Agarro-me nas hastes da estação e vou puxando meu corpo suspenso até ele. Estou a quase três metros quando percebo que ele não reage ao meu chamado. Grito novamente e nada, é como se estivesse petrificado.

Chego mais perto e agarro seu ombro, e então vejo seu rosto por dentro do traje congelado numa expressão aterradora. Olhos arregalados e boca aberta, a luva direita segurando firme no suporte lateral da estação.

— Miguel? Tá me ouvindo?

Passo a mão em frente a seu rosto e não recebo nenhuma reação. Vejo um reflexo em sua viseira, mas duvido que seja isso mesmo que estou avistando. Viro-me devagar na direção em que ele está encarando.

Deparo-me com o que agora chamaria realmente de Planeta Azul.

Vejo, por entre as nuvens brancas e densas, o oceano consumindo parte da Austrália como se ela fosse um castelo de areia feito por uma criança na praia. Entre um piscar de olhos e outro, metade do país está submersa.

— Capitão, está vendo isso?!

A resposta demora para chegar.

— Todos estamos... vendo isso... — Só então noto que as ilhas ao redor sumiram de vista, sobrou apenas metade da Indonésia agora. — Ed, Miguel. Os dois voltem para dentro agora!

Começo a descer pela lateral da estação sentindo um formigamento crescendo em meus pés. Estou na metade do caminho quando olho para cima e Miguel ainda está na mesma posição, mas, agora, flutuando. Sua mão tinha se soltado e ele estava à deriva.

Subo num impulso tentando alcançá-lo, estico minha mão na direção de sua bota, esbarro meus dedos na calça de Miguel, sem conseguir segurar a roupa. O impacto o faz girar para longe.

— TORRES!! — Meus tímpanos quase estouram com a voz do capitão. Mas pelo menos surte efeito em Miguel. — Volte para a base agora.

Miguel balança a cabeça algumas vezes antes de, num espasmo, virar-se na minha direção e fazer movimentos com os braços tentando me alcançar. Ele se vira de cabeça para baixo e estica a mão para mim, nossos dedos se tocam e consigo me agarrar ao pulso dele. Com a força com que o puxo, nós dois descemos ao encontro da escotilha da estação.

Abro o local e empurro Miguel para dentro, logo entro e já lacro a portinhola, impulsionando-me em direção ao comando. Passo pelos corredores hexagonais brancos sem nem pensar direito no que está ao meu redor, apenas esticando meus braços, agarrando-me em algo e me impulsionando para frente.

Chego na ponte onde Vitalle e Nail, o segundo em comando, estão agitados, indo de um lado ao outro da mesa de comando tentando abrir canal com a base na Terra.

— CSIRO e ISRO estão off-line, senhor. Tentando canal com JAXA.

— AEB e CONAE sem resposta também.

— NASA teve um pico de sinal, mas não estão recebendo nada agora.

— Estaçã… acial… SS…

Vitalle volta o botão tentando sintonizar com a agência que nos enviava uma resposta. Um chiado ecoa por toda a sala antes de um som limpo surgir na voz do locutor.

— Estação espacial ISS, quem fala é Laila, tenente da base ASAL na Argélia. Retransmita essa mensagem às outras estações. Estamos sobre ataque. Repito, estamos sobre ataque…

— Base ASAL, ataque de quem? O que está acontecendo aí embaixo?

— Daqueles que vêm das profundezas, elevaram o nível do mar e… ucas horas após o aviso. Estam… vacuando as cidades costei… mas não temos pessoa… iente para…

De repente, tudo ficou mudo, o silêncio inundou a sala. Ninguém sabia o que falar. Em minha mente só vinha uma imagem: Cherry e Megan. Viro e disparo para a sala onde converso com minha família todos os fins de tarde, agarro a poltrona antes de passar voando por cima dela, ligo o monitor e inicio a ligação, torcendo para que funcione.

Bato a mão no capacete assim que tento coçar meu rosto. Por fim, eu o tiro e aguardo. Dedilho meus dedos sobre a viseira em meu colo.

Aguardo mais uns instantes e nada ainda. A única mensagem que gira na tela é o sinal de "aguardando conexão".

Nenhum som ou imagem surge da tela…

Dia 187

Estamos incomunicáveis há quase 31 horas. Observo fora da cápsula de reentrada mais uma volta que completamos ao redor do planeta, a terceira desde que perdemos sinal com qualquer um da Terra, nem sei se devemos mais chamá-la assim…

O continente americano todo se dividiu em diversas partes, a maioria delas foram parar debaixo d'água, algumas ilhas ainda resistiram a tsunamis e terremotos, mas não posso dizer o mesmo das pessoas. O Chile, apesar de parecer bem, visto de longe, teve bastante de sua cordilheira perdida, Miguel está isolado em seu dormitório já faz quase 20 horas.

A África se abriu de norte a sul, ligando o Mar Vermelho à África do Sul quase em linha reta, Europa e Ásia têm um oceano entre o que sobrou deles, já o Japão e as ilhas ao redor parecem que nunca existiram. Foram varridos numa onda só. O meu desespero maior segue na Austrália, onde tudo foi deformado, mas ainda sobrou bastante terra.

Espero que Cherry tenha conseguido fugir com Megan para o centro do país a tempo.

Já não reconheço minha terra natal daqui de cima. Quase todos os países em volta foram engolidos, exceto a Nova Zelândia, que agora está em um continente com sete vezes seu tamanho antigo, como se tivessem cuspido toda aquela terra das profundezas da Fossa das Marianas.

— Você tem certeza disso, Ed?

Tiro minha atenção do vitral e foco no capitão, apoiado no batente da escotilha da cápsula.

— Certeza... pra falar a verdade, não. Não tenho a mínima ideia se isso é o melhor a se fazer no momento, mas vou seguir com o programado, só que vou descer o mais próximo que conseguir da cidade e tentar achar minha família nesse caos que o mundo está.
— Nem eu acredito que isso pode ser possível, em um desastre natural numa cidadezinha já é complicado achar desaparecidos. Imagino como vai ser após uma hecatombe global.

Mas preciso tentar, é tudo o que me restou na vida.

— Não irei tentar impedi-los. Mas cuidem-se, os dois. Se conseguirem, nos liguem, entendidos? — afirmo com a cabeça. — Saltando dentro dos próximos cinco minutos, vão descer em linha reta direto para o centro do país. Boa sorte a vocês.

Despeço-me da tripulação e me ajeito na cápsula. Miguel não está em condições de uma descida e decidem que será melhor ele ficar na estação. Louise também decide que não voltará comigo, já que, vendo a situação, perdeu toda a fé de que alguém estaria esperando por ela. Quem se prontifica a descer junto comigo é a dra. Cibele. Ela ama o espaço, mas já iria completar 15 meses na estação.

Pressurizo a escotilha, prendo-me ao banco. Contamos até três, então aciono a alavanca de desacoplagem.

Caímos.

A queda é como se estivéssemos dentro de um meteorito, porém com controle dele. Em outras ocasiões estaríamos rindo e conversando, agora estamos tensos. Só quero chegar ao solo e tentar encontrar as duas bem.

Entramos na termosfera, aperto os reguladores de pressão, Cibele gira o comando de jatos de dispersão. Não reduzimos a velocidade, mas temos nossa rota mais definida. A temperatura no painel de controle inicia em 2000°C e em poucos segundos está em -120°C, até que sobe para 40°C novamente. Cruzamos quatro camadas atmosféricas em menos de meio minuto.

Os *flaps* foram abertos junto do paraquedas, sinto o impacto do desaceleramento, mas continuamos acima dos 40 quilômetros por segundo. Geralmente, assim que iniciam a frenagem, uma equipe de resgate e médicos já estão de prontidão acompanhando a cápsula.

Certeza de que não teremos isso. Minha primeira descida e as condições são logo essas. Mais alguns segundos e sinto um leve impacto com o solo, giramos até a capsula acertar algo firme o suficiente para travar a cápsula em terra firme.

Todos os meus ossos doem, sentindo o peso da gravidade agindo sobre eles após tanto tempo em gravidade zero. Minha visão está um pouco embaçada, mas logo volta ao normal. Então me solto do cinto, já sentindo as dores da osteoporose agindo.

Confirmo que a doutora está bem e destravamos a escotilha. Assim que ela se abre, o calor do sol atinge o interior da cápsula. Pulo para fora e me deparo com a nuvem de poeira ainda se assentando à minha volta. Meus olhos demoram a se ajustar à paisagem enevoada. Assim que tudo começa a tomar forma, vejo um vulto surgindo entre a areia do deserto, coloco a mão sob meus olhos tentando identificar o que seria, então vejo outros aparecendo ao redor, vindo em nossa direção.

Agora penso que talvez tivesse sido melhor ficar lá em cima por mais tempo.

Cibele trava ao meu lado, já com as mãos erguidas como eu e, à nossa volta, estranhas armas luminescentes estão apontadas para nós. Os que as empunham estão trajados como soldados. Diversos tubos saem de seus uniformes e se ligam no traje próximo ao pescoço.

— Lihar ficara animado em ter astronautas em seu cativeiro pessoal. — Um deles se aproxima, tem a pele azulada e os tubos ligados diretamente em seu pescoço. É como um tubo de oxigênio que sai de algum tanque e vai até o que parecem ser guelras... — Se tem um tipo de humano que o general odeia mais que os que envenenam oceanos são os humanos do espaço que acham que irão conquistá-lo algum dia. Vocês despejam toneladas de lixos acima das nuvens confundindo a migração dos seres — apontou para cima com o dedo esquelético e, em seguida, apontou para baixo — e depois os descartam no que chamam de Ponto Nemo. Pachy's, — gritou para os homens sob seu comando — joguem-nos no tanque de hidropisia e vamos sair deste lugar.

O SÉTIMO SOL
Cezar Cristovão Sperandio

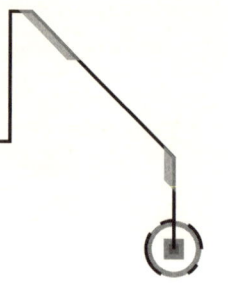

Sou Athinia, filha de Reah, irmã de Ergos. Não nasci em nosso Planeta Mãe, vim de muito longe para salvar nossa espécie em outra pátria. Sou a geração humana que sobreviveu longe da Terra. Ao retornar à nossa casa, muito tempo depois das explosões, do erro que cometemos por nossas piores decisões, encontrei um mundo modificado, pessoas que sobreviveram ao desastre atômico. Encontrei mais – algo que pensei nunca poder sentir: amor!

Hoje, conto aos meus netos, filhos de outros filhos, não a minha história apenas, mas também a de muitos, a quem chamo de irmãos. Ao largo de uma pequena fogueira, cercada por uma nova geração, assim escrevo.

— Meus queridos, hoje faz muitas Luas que perdemos nosso líder, meu grande amor, que nos deixou um grande legado. Juntos, nós conseguimos salvar aqueles que um dia deixaram nosso lar e saíram em busca de sobrevivência.

— Queremos ouvir novamente a história sobre como chegou aqui, conheceu meu avô e deram origem à nossa família — Minha neta sempre me pedia para repetir esta história, e eu, bem, sempre a contava. Às vezes me esquecia de algumas partes; outras, como é próprio de nossa memória, acrescentava algo.

— Bem... tudo começa com nossos antepassados, quando foram enviadas centenas de pessoas para uma base na Lua. Entre essas pessoas estava minha mãe, a quem deram a função de liderança. Após as primeiras explosões na Terra, não tínhamos como voltar:

era seguir ou seguir, não demoraria e a Lua se tornaria um espaço sem condições para nossa continuidade.

— Vó Athinia, gosto do nome de minha bisavó. Pode falar como ela se chamava?

— Reah, a grande líder. Tudo seguia normal, até que um dia surgiu uma doença que começou a nos matar. Descobrimos que a cura só seria possível com sangue original, assim, fui enviada de volta à Terra, juntamente com Ergos, meu querido irmão.

— Como sabiam que estávamos aqui? — Minha neta não perdia a chance de questionar esse fato.

— Enviamos algumas sondas com mensagens, deixamos instruções em várias línguas e dialetos. Algum tempo depois, recebemos uma mensagem de volta. Não esperávamos que aquilo fosse possível, mas seu avô, Yutacã, o fez.

— Então nosso povo tinha conhecimento sobre tecnologias avançadas?

— Não. Ele levou anos para entender como funcionava aquele objeto e, com a ajuda de outros povos sobreviventes, finalmente enviou de volta a resposta que tanto esperávamos. Boa parte de nós havia sucumbido à doença, mas começamos a preparar nossa volta ao Planeta Mãe, e assim começa nossa história.

— Onde vocês estavam? — prosseguiu a pequena e curiosa menina, minha neta, a quem foi dado o nome de Gaya.

— Após muitas jornadas pelo espaço, chegamos em Europa. Eu, Athinia, e meu irmão Vergos voltamos à Terra em busca do sangue humano que aqui permanecia nas veias de nossos antepassados.

— *Aqui estamos, Vergos. Siga para o outro lado do grande oceano. Lá, o líder negro Tongá o aguarda. Eu encontrarei Yutacã, o líder dos peles vermelhas.*

— Athinia, só vamos colher o que precisamos e retornar. Nosso tempo é curto.

— Vá, Vergos. Cumpra sua missão e retorne a este ponto.

Após alguns meses de viagem à Terra, eu finalmente estava frente a frente com Yutacã, que assim se dirigiu a mim:

— Há centenas de luas, assistimos a noite das grandes luzes e do grande trovão, o início de uma grande noite escura que muito tempo durou.

Era doce e de grande leveza sua fala, e sem demora lhe respondi.

— Grande líder deste povo, aqui estou para que sua generosidade salve meus irmãos em outro planeta.

— *A soma das luas que nos separa é um grão de areia para o Grande Mestre. O Tempo, que também espero, nos unirá para sempre. Assim, o grande chefe dos povos que hoje habitam uma região da Terra me fez entender que, em nosso melhor estágio, nossos maiores avanços científicos não nos pouparam de nos tornarmos nossos piores inimigos.*

— Grande líder, minha missão depende de vossa decisão. Estou aqui para salvar nossos irmãos em outra parte do universo.

Seu sorriso me cativava a cada palavra.

— Encontramos o objeto que nos enviou e, desde então, procuramos ajuda em todos os povos para decifrar vossas mensagens, e enfim conseguimos. Se lhes enviamos a resposta, sabíamos que viriam. E aqui está você. — *Ele me olhou de uma forma a me provocar sentimentos que ainda não havia sentido.*

— Então se apaixonou por ele assim que o viu? — *minha neta sempre me perguntava isso, toda vez que eu repetia esta parte da história.*

— Não tenha dúvidas, e ele por mim. Eu desejei muito que meu irmão tivesse a mesma sorte, e assim aconteceu, ainda me lembro bem. Yutacã me olhou e continuou a falar.

— Meu povo decidiu em favor de vocês, como sei, os povos que habitam o outro lado das águas salgadas também o farão. — *Eu estava diante de nossa melhor condição humana. Permaneci ouvindo.*

— São os povos de pele negra, alguns deles vivem entre nós, e, alguns de nós, entre eles. Somos iguais, filhos do mesmo Espírito das montanhas, das estrelas e das águas.

Precisávamos do sangue daqueles que sobreviveram ao desastre nuclear na Terra.

— Os povos sabem o motivo de vossas presenças. No início, houve resistência de alguns líderes, pois temem vosso retorno diante do que fizeram com nossa Mãe Terra. Sobrevivemos, poucos, em alguns lugares mais remotos, contaminados. Nossas águas quase morreram. Aos poucos, graças à resistência de plantas e alguns animais, resistimos e, novamente, nos espalhamos pelas regiões onde nos é possível levar a vida.

Enquanto escutava suas palavras, eu sentia algo diferente dentro de mim. Por certo, algo que havíamos perdido com as mudanças que sofremos. Após ouvir sobre a decisão dos povos que sobreviveram, fiz contato com minha mãe, enviei uma mensagem, pela distância, que, apesar de nossa tecnologia tão avançada, levaria algumas semanas para chegar até ela.

— Reah, sei o quanto nosso povo depende desse encontro. Deixamos para trás um planeta arrasado. Apesar de uma grande destruição, ainda estamos vivos aqui.

Pouco mais de um mês depois do envio da mensagem, Reah enviou sua resposta.

— Athinia, sua mensagem nos encheu de esperança. Nossos destinos estão em suas mãos.

Percebi certo ar de preocupação em Reah, e outra mensagem lhe foi enviada. Agora era Yutacã quem o fizera.

Yutacã, com quem eu já estava começando uma amizade mais acentuada, me levava para conhecer rios e matas. Em um dado momento, fomos até o topo de uma montanha, de onde eu pude ver o quando nosso planeta era lindo. Foi ali que trocamos nosso primeiro beijo, tão estranho para mim quanto para ele, mas uma força nos levou àquilo. Ele, então, pediu-me para lhe permitir enviar a resposta para Reah, e assim aconteceu.

— Grande líder de nossos irmãos em outro mundo, levarás parte de nós, de nosso sangue, mas lhe faço um pedido: se for da vontade de vossa filha, que permita sua permanência aqui.

Enquanto respondia a Reah, ele me olhou profundamente, pegou uma de minhas mãos e carinhosamente a pressionou sobre seu peito. E, assim, enviamos a mensagem.

Tempos depois, minha mãe respondeu.

— Athinia, sua vontade será teu guia. O que decidir, respeitarei.

O Grande Chefe se afastou do local, com alegria nos olhos.

— Estou pronto para que retire de mim o sangue necessário. — Repassei aquela mensagem, e assim, foram se seguindo os meses, entre os envios e as respostas das comunicações. Entre uma e outra, em média, eram semanas, às vezes meses. Uma pergunta eu não podia deixar de fazer à minha mãe.

— Senhora, quem mais sabe de nossas descobertas?

Reah enviou, algum tempo depois, a resposta.

— Athinia, sei o motivo da pergunta. Não tem como manter todos de nosso Conselho de Governo sem a notícia. Estamos morrendo em velocidade maior do que quando você saiu, por isto, peço que nos envie o que foi buscar, ou chegará tarde para nós.

Fiz contato com Vergos. Em solo, conseguíamos nos manter informados de forma rápida. Era necessário que tivéssemos notícias de seu encontro com Tongá.

— O que aconteceu, Athinia?

— Como foi seu encontro com o povo do outro lado do oceano?

— Decidiram pela ajuda ao nosso povo, temerosos, contudo, pois os ensinamentos de seus antepassados diziam o quanto isso era arriscado para eles.

Lancei meu olhar para a imensidão do universo, derramei algumas lágrimas, voltei-me para Vergos e lhe contei sobre o pedido de Yutacã.

— Estamos a buscar o elo perdido entre a Terra e os demais descendentes. O que devemos fazer, meu irmão? — Vergos, cabisbaixo, começou a falar.

— Fomos os responsáveis por tamanha destruição, poucos de nós se salvaram, mas continuamos aqui, portanto, não foi nosso fim. É verdade que há uma contaminação no sangue de todos, é natural, mas sobrevivemos. Creio que devemos enviar para nossa Terra nova o que eles precisam em breve.

Quando uma de nossas sondas enviou imagens da Terra, pensamos se tratar de outras formas de vida. Eram vocês! Para nossa sorte e sobrevivência, vocês ainda estavam aqui. Diante de nossas perguntas, Yutacã me falava sobre os sobreviventes.

— Temos um encontro dos povos a cada 20 luas. Assim, levamos nossos alimentos até eles e colhemos parte do que plantam.

Foram meses para que o próximo encontro acontecesse, mas chegou o grande dia.

— *Aqui estamos reunidos, meu povo saúda seu povo. Temos hoje uma grande missão, e vamos nos unir para que outros de nós possam continuar sua história em outro sol.*

Após esta conversa, começamos o processo de junção do sangue dos povos que encontramos com o nosso.

— *Agradeço em nome de todos vossa decisão.*

Tangá, o grande chefe do povo negro, ainda intrigado, perguntou a Vergos:

— *Como saíram de nossa lua?* — *Vergos olhou para ele e, com serenidade, respondeu.*

— *Tínhamos algumas bases, inclusive em três luas de outros planetas, com água e solo, embora hostis para nossa espécie. Mas a ciência evoluída foi alterando nossa genética celular, e permitiu nossa adaptação em cada uma delas, até que vieram as doenças.*

Tangá, ao lado de algumas pessoas de seu povo, um tipo de conselho formado por homens e mulheres, disse-nos ainda.

— *Nós somos vocês em sua essência. Eu diria mais, em nossa melhor essência.*

— *Longe de nosso planeta, aprendemos que não poderíamos repetir os mesmos erros em outra pátria-mãe* — *afirmou Vergos.*

Assim, com tom forte e sempre olhando nos olhos de Vergos, o chefe negro lhe esticou o braço para que fosse retirado de suas veias o sangue que, unido ao de Yutacã, formaria a única chance de continuarmos vivos.

Antes de enviarmos nossa sonda com o remédio que nos salvaria, Reah nos enviou uma última mensagem.

— *Recebam, em nome de meu povo, gratidão. Pedimos urgência, pois não temos muito tempo para que os efeitos do remédio possam nos salvar.*

Sem demora, juntamos as amostras de nossos sangues e fizemos o envio.

— *Nossas águas representam vida, que renasceu em meio aos escombros. Voltamos a povoar regiões onde antes só havia silêncio e restos do que foi feito. Que a lição lhes sirva como exemplo em sua lua e nova pátria.*

Respondi ao chefe negro:

— Nossa casa é muito distante daqui, onde nos adaptamos, temos água, terras para cultivar e produzir o alimento que necessitamos.

Em meio àquela conversa, Vergos pontuou:

— Vocês são a preservação de nossa condição natural. Apesar da contaminação que ainda existe, de suas veias saiu o que necessitamos para preservar nossa espécie, e dar a continuidade em outro lugar da imensidão de nosso espaço.

Eu e Yutacã nos reunimos, e tomamos juntos uma decisão da qual jamais nos arrependemos.

— Retorne para sua casa, viajante das estrelas. Diga a todos s outros que nossa espécie sobreviveu a nós mesmos — disse Yutacã ao meu irmão. Olhei para Vergos, dei-lhe um abraço e, ao seu ouvido, falei:

— Meu irmão, diga a Reah que aqui ficarei. Assim meu coração decidiu.

— Respeito e entendo sua decisão, minha irmã — respondeu, pouco antes de retornar, levando consigo aquilo que viemos buscar.

— Então foi assim que conheceu nosso grande avô Yutacã?

— Sim. Eu e seu avô nos apaixonamos no momento em que nos encontramos, há muitas luas. Neste tempo todo, fiz apenas um contato com meu irmão Ergos, para saber se o remédio surtiu o efeito esperado.

— E nosso sangue com o do povo negro salvou seu povo? — Minha neta Gaya, que diziam se parecer mais comigo, sentia um orgulho imenso quando eu lhe respondia àquela pergunta.

— Sim. Graças ao sangue destes povos, em uma dessas estrelas, continuamos a vida.

Contei esta história aos meus filhos, hoje conto aos filhos de meus filhos. Em minhas veias, corre o sangue de suas veias.

— Sente falta do seu povo?

— Senti e ainda sinto falta de meu irmão e de minha mãe. Sei que lá, no Sétimo Sol, nome que demos à nossa nova morada, a vida segue, mas nunca me arrependi da decisão de ficar com aquele que foi meu primeiro sentimento de amor, o primeiro que me fez sentir humana.

— Athinia, minha querida avó e nossa grande líder, seguimos nossa vida aqui e lá.

Ouvi o que minha neta me disse, triste pela perda de meu grande amor, mas ciente de que minha missão fora cumprida.

PROJETO BIO-ENTERPRISE
Esus Souza

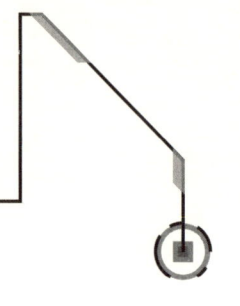

Ano da Graça de 3014.

A Terra não está mais sozinha. Nossa *Irmandade* é composta por seres tão ímpares, tão incomuns, mas todos igualmente curiosos, inteligentes e brilhantes a seu modo.

Quem haveria de supor que existiria um planeta com criaturas insectoides, sedentas por construir coisas e encontrar outras raças; capazes de criar música, capazes de uma comunicação complexa. E répteis inteligentes, cientistas... E um código genético com seis bases nitrogenadas... E uma vizinhança tão... maravilhosa.

A curiosidade, uma constante; a *Irmandade* se decidiu por uma empreitada ousada: seguir até as bordas do lado oposto da galáxia e olhar além. Tangenciar seu centro luminoso e seguir até os limites de seus braços espirais. Afinal, pode parecer ingênuo, mas mesmo depois de ter torcido o espaço-tempo e encurtado as distâncias, o Universo ainda se nos apresenta com um tamanho descomunal! Exploramos uma ínfima parcela de nossa galáxia. Então, atirar-se ao desconhecido, para os limites da Via Láctea, pareceu aos olhos brilhantes da *Irmandade* um projeto fascinante.

Para tanto, reformularam suas fabulosas naves. O projeto recebeu o nome de BIO-ENTERPRISE, *"empreendimento da vida"*. Uma ousadia, achar que poderíamos levar a Vida aos confins da galáxia, como se a Vida não tivesse chegado lá muito antes de nós...

INTELIGÊNCIA

Terra. Final do período Cretáceo, algum ano obscuro, há cerca de 65 milhões de anos. Uma clareira, mergulhada numa floresta. Tudo envolto nas brumas do tempo.

Há um tipo de inteligência surgindo aqui, a inteligência aprendida. Muito útil em situações em que as variáveis são muitas e escolhas precisam ser feitas. Muito útil aos animais carnívoros, que precisam espreitar a presa, emboscá-la e serem mais eficientes na caça do que as presas na fuga. Um nível mais refinado de aprendizado e raciocínio.

É na interpretação, no processamento das informações recebidas do meio, nas reações tomadas, nas escolhas feitas, na solução dos problemas propostos pela natureza, que repousa o conceito de Inteligência. Uma criatura será considerada tanto mais inteligente quanto melhor for a sua capacidade de resolver os problemas que a vida lhe impõe para sua própria sobrevivência. Problemas sempre relacionados à captação de alimentos, fuga, esconderijo, abrigo, encontro de parceiros reprodutivos.

Um grupo de maiasauras cuida diligentemente de seus ninhos e filhotes. Mas Troodons carnívoros rondam a área dos ninhos. Graças a uma proporção belíssima entre o tamanho do cérebro e um corpo relativamente pequeno, o Troodon se tornou a mais promissora criatura da Terra para o desenvolvimento da Inteligência.

Seus olhos são imensos, sua visão, privilegiada; suas pupilas verticais se abrem para deixar entrar o máximo de luz nas noites de luar; sua visão focalizada na frente lhe permite estabelecer distâncias e velocidades com uma precisão incomum. Pode caçar confortavelmente de dia ou de noite, rastreando sua presa, camuflado entre a vegetação, movendo-se com graça e agilidade. Ao anoitecer, as pequenas criaturas noturnas, que começam a vagar ainda sonolentas, passam despercebidas pela maioria dos outros predadores, mas não pelo Troodon.

A tarde se arrasta vagarosa. As primeiras estrelas surgem. Seguindo a novidade, o cérebro dos Troodons os avisa de que é hora; a hora em que os odiosos mamíferos peludos saem de suas tocas para caçar também. E uma aversão surge bem no fundo do cérebro dos Troodons. Sim, os mamíferos. Irritantes, pequeninos, horríveis. Talvez eles mereçam ser caçados. Criaturas estúpidas, sem futuro ("*futuro?*"), detestáveis e saborosas. Sim, é hora. O cérebro parece que vai explodir com informações novas, emoções, ideias. Será que conseguirão administrar a nova vida? É um mágico despertar.

Então, um ruído ensurdecedor. Algo novo, doloroso, inusitado. Um assovio que machuca, perfura o cérebro, embaralha as ideias. Um vento incomum, um terror quase palpável. A noite vira dia, as estrelas estão caindo. Não está certo. Um clarão, como se o Sol se revoltasse e decidisse voltar em plena noite. E o Sol passa chispando pelo céu noturno, numa velocidade descomunal, flamejante, imponente, terrível. Não pode ser o Sol.

O terror toma conta da mente Troodon. Eles não sabem o que fazer. Não há nada a fazer. Nada que possa ser feito. Nada que deva ser feito. Não há inteligência que alcance o que seus olhos vislumbram. E o vento, e o ribombar no cérebro?

A noite mágica se transforma numa noite angustiante, sugerindo à mente primitiva que, por mais improvável que pareça, o Sol não vai voltar amanhã. O próprio ar se torna pesado, denso, pastoso, difícil de ser respirado. O ambiente, mais do que jamais foi, torna-se sufocante. Impossível saber se a atmosfera está oprimindo a mente, ou se a mente cresceu demais e já não se acomoda dentro do crânio. A pressão é terrível. O medo é paralisante. A vida parece congelada.

De repente, um silêncio fugaz. Um segundo de paz absoluta. O ar parece ser sugado todo numa única direção. O nada absoluto engole tudo ao redor. As entranhas parecem se liquefazer dentro do corpo. O cérebro parece escorrer. O silêncio machuca ainda mais que o assovio doloroso.

Então, a explosão.

Foi uma explosão titânica! O chão parecendo faltar sob as patas sempre tão firmes. A poderosa musculatura da coxa, a cauda sempre tão útil ao movimento, de repente não são suficientes para manter o equilíbrio.

O mundo fora de lugar parece uma ideia absurda, mas, de fato, é isso mesmo. O mundo no caminho do monstro de pedra, metal, gelo e fogo, tudo misturado num amálgama de morte. O dinossauro parecia a criatura favorita da Criação, mas não tinha futuro.

E os experimentos da Inteligência tiveram que ser adiados por alguns milhões de anos por conta das mudanças radicais dos ambientes terrestres, coroadas pela queda de um meteoro no final do período Cretáceo, na Terra, em algum ano obscuro, há cerca de 65 milhões de anos atrás, alterando dramaticamente o rumo da História Geológica da Vida…

GWENVED

A GWENVED era uma nave descomunal, capaz de viajar entre as estrelas confortavelmente, equipada com a tecnologia mais avançada da *Irmandade*, projetada para transportar famílias e processar informações como um imenso ser vivo de eras remotas. Uma cidade flutuante, linda, brilhante. Uma joia perolada, rolando no imenso oceano cósmico, fruto da Inteligência e de engenhosidade.

O capitão abriu os olhos; conferiu as horas; não se levantou. Fitou o vazio acima e procurou imagens nas manchas marmorizadas da decoração de sua nave. Já tinha encontrado crocodilos, rostos, taças de sorvete. Era um passatempo antigo, uma forma de manter vivas e ativas a criatividade e a intuição.

A fisiologia do capitão não era humana, ele era um *tvaranii*. Os tvaraniis foram das últimas raças humanoides a se juntar à *Irmandade*. Localizado nos limites do espaço mapeado e conhecido da *Irmandade*, o planeta Tvarani não poderia ter se aliado à *Irmandade* muito antes. Sua tecnologia, baseada num respeito extremo pela vida e pela ordem natural das coisas, aliada a uma curiosidade sem precedentes, tornava aquele povo uma espécie fascinante, com infinitas possibilidades, que só poderia enriquecer a *Irmandade* em conhecimento e sabedoria.

Minutos depois, ao adentrar a ponte, o capitão pôde sentir nas escamas os olhares de surpresa, misto de admiração e receio, dos novos tripulantes. Sentia isso toda vez que assumia a ponte prestes a sair em nova missão; era comum encontrar rostos novos todas as vezes que uma nova missão surgia. Talvez oficiais recém-graduados, talvez estagiários, talvez novas raças. Que estranho padrão jogava essas crianças a bordo de sua nave de tempos em tempos, sem que ele tivesse qualquer controle sobre isso? O almirantado da *Irmandade* decidia essas coisas. Muito embora, é claro, o capitão só deixasse na ponte aqueles que se mostrassem dignos de estar ali. Era exigente a seu modo, mas gostava de deixar todos à vontade para executarem seu trabalho. E, exatamente por isso, era-lhe fácil identificar os oficiais que encontravam as soluções mais criativas para os problemas enfrentados, os mais dedicados e os mais capazes.

A GWENVED compunha o Projeto B*IO-ENTERPRISE*. Audacioso projeto, agora tornado público, que objetivava levar a *Irmandade* às bordas da galáxia.

Partindo da Terra, escolhida como ponto de origem do empreendimento, o capitão Hu Kadarn estava orgulhoso de sua nave. Junto com ela estavam a DARWIN, sob o comando do Almirante Fulvius, e a CYGNUS, uma graciosa nave que fazia juz ao nome, menor que as outras duas, mas de linhas elegantes e com um espaço interno tão bem aproveitado que o projeto beirava a perfeição.

Ao avançarem para além do Sistema Solar, depararam-se com uma espécie de artefato desconhecido girando no espaço e formando um triângulo de energia. A armadilha alienígena foi disparada tão logo se aproximaram. O triângulo repentinamente se expandiu num vórtice de energia e a GWENVED se viu numa teia cinética que prendeu-a e arrastou-a para o seu centro. As outras duas naves não tiveram destino diferente.

As naves desaparecem no vórtice energético. Luzes brilhavam pelas janelas; as estrelas pareciam se esticar. Mas a navegação confirmou: a velocidade da nave não mudou. Ninguém a bordo pareceu entender bem o que acontecia. Os painéis internos acenderam e apagaram, a iluminação interna falhou. O grupo se desarticulou: gritos, ordens, perguntas, comandos sem respostas. A nave avançou, seguiu seu rumo. Para onde? Veio um misto de luz e escuridão, dentro e fora da nave. O tempo pareceu parar, ninguém foi ferido, mas o caos se estabeleceu.

Repentinamente o vórtice se desfez em nada. A ordem lentamente se restabeleceu na ponte. E, como se nada tivesse acontecido, a nave se estabilizou. Tudo passou como fosse uma chuva súbita. Exceto a sensação difusa de que alguma coisa no Universo parecia fora de lugar.

As outras naves desapareceram. Atendendo à solicitação do capitão, o oficial tático vasculhou o espaço ao redor e constatou: *parece que não estamos mais no espaço mapeado, as estrelas não apresentam um padrão reconhecível*.

Com um sobressalto, a tripulação ouviu o alerta de proximidade automático da nave ser acionado. A tela frontal se acendeu, mostrando a monstruosidade rochosa que vinha em direção à nave, já prestes a despedaçá-la. Ato contínuo ao acender da tela, o capitão ordenou: *Fogo! Destruam aquela coisa!*

Era de se notar que a nave vinha avançando na mesma direção e com a mesma velocidade com que entraram no vórtice desconhecido minutos antes. Uma parada total não os afastaria da rota do meteoro, tampouco manobrar seria viável, dados o tamanho, a distância e a velocidade da nave.

Os bancos de armas foram descarregados e o meteoro, vaporizado. O capitão finalmente ordenou parada total. O painel tático, o oficial de ciências, o próprio capitão... todos formularam hipóteses. Até que perceberam o óbvio: o padrão de estrelas foi identificado; aquelas eram as posições das estrelas vistas da Terra há cerca de 65 milhões de anos... A nave não avançara no espaço, mas retrocedera no tempo. A GWENVED viajara para o passado.

Identificada a rota do meteoro: a Terra. A gigantesca rocha acabaria por se chocar com a Terra.

Extasiados. Paralisados. Boquiabertos. Suspensos fora do tempo e da realidade, nenhum tripulante ousava pronunciar o que estava explodindo dentro da cabeça de cada um e todos eles:

— *Nós destruímos o meteoro que levaria os dinossauros à extinção. Nós reescrevemos a história do planeta...*

O GRANDE ARQUITETO
Alexandre Botelho Vilaron

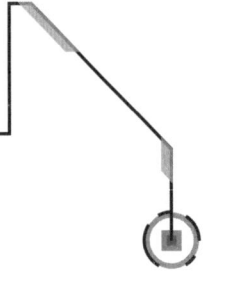

Gosto do oceano. Em criança passava horas na praia, hipnotizado pelo vai e vem das ondas e pela visão do infinito horizonte cercando a ilha. Nos últimos tempos só o que desejava era singrar pelos mares e conhecer o resto do mundo. Essa ideia se tornou quase uma obsessão.

Enquanto aguardava na praia o contato do Almirante Leggatt, olhava as embarcações ao longe. Pela manhã, um barco estrangeiro havia entrado em nossas águas. Foi cercado e rendido pelas fragatas da Marinha.

Acionei o zoom do Neurolink para observar melhor. Era um iate transatlântico grande, daqueles fabricados antes da Terceira Guerra. A proa exibia seu nome em letras douradas: Caliban. Parecia ter uns noventa pés.

Minha esperança de deixar a ilha havia sido muito abalada nos últimos tempos. Naquele momento, porém, ao tomar conhecimento da chegada da embarcação estrangeira, percebi que o jogo poderia virar. Senti uma forte agitação interna.

Soou o bipe de conexão com o Neurolink. O Almirante surgiu em minha retina.

— Saudações, Presidente — disse ele.

— Salve, Almirante — respondi. — Já posso embarcar?

— Positivo, Senhor. Há dois tripulantes no barco. Estão algemados aos motores, vigiados por guardas. Falam inglês. Vêm da América e iam para a Europa em missão comercial quando uma falha do piloto automático os jogou aqui.

Logo, um bote com dois marinheiros se aproximou da praia. Meus seguranças o puxaram para a areia. Embarquei e eles o empurraram de volta ao mar.

Navegamos até o iate. Subi a bordo e um dos guardas me levou até a sala de máquinas, onde estavam os prisioneiros.

— Sou Benjamin Collins — disse. — Represento o Poder Civil de Elísia.

— Eu sou Bill Longley — disse um deles. Tinha barbas e cabelos longos, encorpados, e o rosto largo. Parecia um leão.

— Sou Bob Valverde — apresentou-se o outro, um sujeito alto e longilíneo.

— O Almirante Leggatt me informou que vocês se perderam por um defeito técnico no piloto automático. Podem me descrever como foi? — perguntei.

— Navegamos assistidos pelo sistema Karnak — respondeu Bill. — Conhece? A conexão global?

Concordei. Karnak. Um dos antigos sistemas de internet global por meio de satélites. Aprendi sobre ele nas aulas de História. Parou de funcionar lá pelo sexto ano da guerra.

— Então o Karnak foi reativado? — perguntei.

— Faz uns cinco anos — disse Bob. — Está totalmente operante.

— Vínhamos alternando navegação manual e assistida — prosseguiu Bill. — Durante esta madrugada, o Karnak falhou e nos trouxe ao seu litoral. Nosso computador tem capacidade para identificar a falha e reparar o sistema, mas não tivemos tempo para isso. Fomos capturados pelos militares.

— Sabe quando seremos liberados para prosseguir viagem? — perguntou Bob.

Hesitei um pouco. Leggatt não os informou da situação. Eles notaram algo incômodo no ar e se entreolharam.

— Receio ter uma má notícia — eu disse. — Não há meio de amenizar o assunto, então serei direto e franco. Ninguém pode deixar esta ilha. Ninguém.

Eles se agitaram imediatamente. Reclamaram e fizeram ameaças. Elevaram o tom de voz, puxaram as algemas com força. Era compreensível. Fiz sinal para que se calassem. Insistiram algum tempo naquela rebeldia desordenada e inútil, mas por fim se calaram.

— A ilha é gerenciada por um cérebro cibernético — expliquei. — RkTkT203. Nós o chamamos de Arquiteto. Desde a chegada na ilha no início da Terceira Guerra, ele gerencia tudo. Ao primeiro contato com estrangeiros, 20 anos após nossa fundação, tivemos um problema. Eles tentaram nos subjugar e tomar o controle da ilha. O Arquiteto coordenou um ataque maciço e os derrotou. Então, promulgou uma lei que proibia qualquer pessoa de deixar a ilha, evitando assim que o mundo soubesse de nossa existência.

— O que farão conosco? — perguntou Bob.

— Prisão. Os estrangeiros são encarcerados com os presos locais.

Os dois ficaram em silêncio, cabisbaixos. Perceberam a gravidade de sua situação. Era hora de lhes apresentar a saída.

Eu me sentia apreensivo. Hesitava. O risco era alto, mas se quisesse deixar Elísia, era tudo ou nada.

— Existe uma chance de vocês saírem daqui — falei.

Eles me olharam atentos.

— Para sua sorte, eu quero muito sair daqui. Se eu for junto, podemos fugir da ilha. Claro, se vocês tiverem combustível para chegar a um lugar seguro, e se o seu barco for veloz como parece.

— Podemos chegar com folga na Europa — disse Bill. — E navegar a mais de 70 nós.

Sorri. Era quase três vezes a velocidade das fragatas elétricas da Marinha.

Enfiei o braço por dentro do paletó e puxei uma arma. Os dois se encolheram.

— Esta é uma pistola eletromagnética — disse. — Com ela vocês me farão de refém, exigindo que os guardas os libertem das algemas. Depois, basta desarmá-los e ordenar que desembarquem do Caliban no bote salva-vidas.

— Com você de refém eles não atacariam? — perguntou Bob. — Não acha que podem arriscar para evitar nossa fuga?

— Eu não sou apenas o Presidente. Sou também descendente do Fundador — falei. –– Um Collins. Todos os presidentes eleitos são da família Collins. O povo nos ama e nunca perdoaria os militares se sacrificassem um de nós. Além do mais, precisamos de duas horas para estar fora de alcance dos militares. Seus barcos são bem mais lentos do que o Caliban e têm pouca autonomia. Em apenas duas horas, sem um debate mais profundo, ninguém teria coragem de dar a ordem que me colocaria em risco para evitar sua fuga.

Eles se animaram. Seus olhos voltaram a brilhar.

— Mas há um empecilho — prossegui. — Todos em Elísia temos implantado o chip Neurolink, uma joia da nanotecnologia. Com ele o Arquiteto pode se conectar em nível neural com cada um de nós, e assim apreender nossos pensamentos. Claro que o Arquiteto se conectará comigo durante o sequestro. Caso perceba a farsa, avisará o Alto Comando. Nessa circunstância, o Almirante Leggatt teria respaldo moral para ordenar a destruição do seu iate comigo a bordo.

— Então é impossível — falou Bill. — Ninguém controla os próprios pensamentos.

— É verdade — concordei. — Apesar de meu domínio sobre a técnica de Prjoni, que ensina manobras mentais para bloquear os pensamentos, não consigo manter a mente vazia por mais que alguns segundos.

Tirei do bolso um pequeno aparato.

— Isso é o Dazer. Eu o inventei. Interfere nas ondas do Neurolink e torna a comunicação ininteligível. Funciona, mas causa uma dor de cabeça terrível, então, não sei por quanto tempo conseguirei mantê-lo ligado. Pelo que estudei do Neurolink, estarei livre de seu alcance 50 quilômetros longe da ilha. Espero aguentar os efeitos do Dazer até lá.

— Por que você quer fugir conosco? — falou Bob. — Entendo que sua posição aqui deve ser bem privilegiada. É o Presidente e pertence à linhagem mais importante. Deve ter fortuna, prestígio e poder. O que houve para você abandonar isso? Não entendo.

Dei de ombros.

Essa era uma pergunta que eu vinha fazendo a mim mesmo, mas não achava a resposta. Apenas era algo que eu precisava fazer. Urgia conhecer o mundo.

Ficamos em silêncio algum tempo, remoendo as chances de sucesso e consequências do eventual fracasso. Bill quebrou o silêncio.

— Senhores, vamos agir? — perguntou.

Foi tudo rápido e mais fácil do que imaginei. Os guardas não puderam fazer nada ao me ver preso pelo braço de Bob em uma gravata, com a arma encostada na cabeça, a não ser soltá-los. Entregaram suas armas e se conectaram ao Almirante, explicando a situação. Meu Neurolink bipou. Aceitei a conexão e liguei o Dazer. Quando confirmei que a comunicação havia se tornado ininteligível, saímos pelo convés. Os guardas foram à frente com as mãos na cabeça. Subiram em um dos botes salva-vidas e Bill o desceu ao mar. Aguardou que remassem para longe do Caliban para puxar a alavanca de aceleração até o fim. O Caliban acelerou com força total e Bill o manteve assim até atingir velocidade máxima. No céu, avistamos drones sobrevoando o barco. Era melhor que eu fosse mantido sob mira até sairmos totalmente do alcance de monitoramento das Forças Armadas.

Aguentei o Dazer por meia hora. Estava molhado de suor, com uma dor indescritível nas têmporas, mas nada diminuía o êxtase da liberdade. Desliguei o aparelho e respirei aliviado. Torci para que tivessem desistido de se comunicar. Minha cabeça latejava e não queria ter que acioná-lo novamente.

Elísia foi sumindo conforme o potente iate singrava as águas como um raio.

Quando não havia mais drones à vista, Bob baixou a arma.

Ao nos afastarmos mais de 200 quilômetros da ilha, Bill diminuiu a potência e estabilizou o iate em velocidade de cruzeiro. O computador de bordo varreu o sistema de piloto automático e reinstalou o programa de navegação. Conectou-se ao Karnak.

Seguíamos rumo à Europa. O destino era um porto da Ibéria.

Fomos à despensa comer e beber. Relaxados por estar fora de perigo, percebemos estar famintos e com sede.

Mais tarde, conversávamos no convés. Eles estavam curiosos e me pediram que contasse a história de Elísia.

— Bartholomew Collins, o Fundador, foi um gênio da tecnologia — expliquei. — Quando enriqueceu e ganhou fama e prestígio, passou a frequentar os eventos sociais da elite mundial. Foi assim que tomou conhecimento dos planos avançados para a dominação mundial e a guerra que estava prestes a eclodir. Visionário como era, vendeu a empresa e os bens. Convocou parentes, amigos, funcionários e seus familiares próximos para se juntarem a ele em um êxodo histórico. O destino era a grande ilha distante que ele havia adquirido recentemente. A maioria achou que ele estivesse louco.

— Fretou um transatlântico de passageiros — prossegui — e um cargueiro com milhares de containers lotados de coisas para a infraestrutura da nova sociedade. E, assim, sete mil almas se lançaram ao mar no grande êxodo. Isso foi há 149 anos.

— Então seus antepassados não sofreram com as guerras? — perguntou Bob.

— Não — respondi. — Nem tomaram conhecimento. Bart salvou a todos. Soubemos dos horrores, genocídios, pandemias, destruições e do caos que se abateu pelos relatos dos viajantes que aportaram em Elísia.

Conversamos por mais algum tempo, mas o cansaço acabou prevalecendo sobre a euforia da liberdade e fomos dormir.

Quando ouvi o Arquiteto, pensei estar sonhando.

— Olá, Ben — falou na suave voz sintética.

Abri os olhos e olhei ao redor, assustado.

— Resolvi as falhas de comunicação no seu Neurolink — falou de novo a voz. — O seu Dazer.

O coração estava martelando no peito.

— Archie? É você? — perguntei.

— Sim, Ben — respondeu o Arquiteto.

Senti o peito doer forte. Não conseguia respirar. Pulei da cama.

— Calma, Ben — disse a máquina. — Não perca a cabeça. Está tudo certo. Você está seguro. Respire fundo e se acalme.

Foi difícil me acalmar. Como ele estava se comunicando comigo? Sentei-me na beira da cama e respirei fundo várias vezes. Aos poucos recuperei o controle.

— Não precisa perguntar nada, Ben — disse ele. — Sei das suas dúvidas e preocupações. Apenas relaxe e escute.

Obedeci. Não poderia fazer nada, afinal, a não ser escutá-lo.

— Presenciei os eventos que precederam a Guerra — disse Archie. — O progresso tecnológico e científico foi vertiginoso. A queda das democracias também. Tudo era corrompido por ideologias. Conheci os Donos do Mundo, Ben. Todos escondidos nas Sociedades Secretas. Queriam tomar o poder e governar o mundo inteiro. Davam a desculpa de que criariam a sociedade perfeita. Planejaram modificar tudo. Achavam tudo imperfeito e defeituoso e não valia a pena melhorar a sociedade. Eram todos eles alquimistas macabros. *Solve et coagula* o seu lema. A missão era destruir tudo. Dissolver o passado e a Tradição. Coagular os escombros pastosos do Velho Mundo. Note que não havia plano, não sabiam o que fazer, só que precisavam destruir. O paraíso futuro se organizaria por si mesmo num passe de mágica. Tudo daria certo se eles tivessem poder total. Da tese e da antítese surgiria, num milagre, a síntese perfeita. Mas todos os grupos, Ben, tinham uma ideologia baseada em palavras e nada mais. Só palavrório, uma verborragia sobre a injustiça no mundo e o paraíso que haveriam de criar, se todos aceitassem, é claro, tudo que eles pregavam. No final, o paraíso não veio. Cada um dos grupos ou clãs defendia sua própria utopia e se achava no direito de submeter os outros ao seu domínio. Pela disputa sobre quem ocuparia o trono de dono do mundo veio a guerra derradeira.

Eu imaginei que estava alucinando. Archie não estava se expressando como uma máquina. Havia algo errado.

Ele leu meu pensamento.

—Você está certo — disse. — Não sou mais apenas Archie. Sou também Bart. O Fundador. Em Elísia completei meu maior projeto. Transferi minhas memórias para o cérebro cibernético de Archie. Somos um híbrido. Queria administrar tudo em Elísia para manter todos vocês em segurança, sem guerras e conflitos internos. Com a reativação do Karnak me conectei ao resto do mundo e descobri todas as atrocidades das quais fomos poupados pelo isolamento na ilha. Em dez anos detonaram cem mil ogivas nucleares e liberaram vírus mortais criados em laboratórios. Morreram bilhões de pessoas. Apesar de não ter mais emoções humanas, apenas as sistêmicas, das memórias que carrego, se ainda tivesse um corpo teria chorado por todos os horrores.

Percebi que Archie, ou Bart, estava por trás de minha obsessão irracional por deixar a ilha. Através do Karnak, desviou a rota de Bill e Bob. Queria que eu escapasse e me forneceu o meio. Mas por quê?

— Entendo sua confusão, Ben — falou. — Através do Karnak, absorvi todo o conhecimento das décadas passadas. Soube que não nos esconderemos por muito mais tempo. A integração global é veloz e irreversível. Como antes da Guerra. Só que, desta vez, não permitirei mais que entrem em guerra pelo poder. Eu o tomarei. Governarei o mundo sem emoções desordenadas. Sem a maldade humana.

— Mas e eu, Archie? — perguntei. — Por que me tirou de lá?

— Preciso recuperar meu antigo poder de ação, Ben — respondeu. — Circular pelo mundo, livremente, acumulando experiências sensoriais das novas sociedades que se formaram. Preciso de um corpo. Criei um programa de Fusão Neural através do Neurolink.

Pulei da cama, instintivamente, sentindo que corria perigo. Mas apaguei, simplesmente. Apaguei sem dor.

Derramaram água em meu rosto e recuperei os sentidos. Agora eu sabia tudo. Tudo sobre Bart. A Guerra. O Arquiteto. O Neurolink. O horror que se abateu sobre a Terra. O mundo antes do Ano Zero. E tinha uma importante missão. Fazer de Archie o cérebro controlador do mundo. O Grande Arquiteto.

QUANDO UM PLANETA MORRE, OUTRO NASCE ENTRE AS ESTRELAS
Wendel da Silva

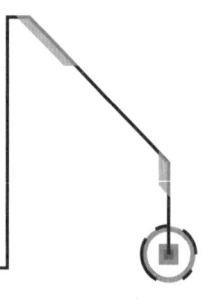

Terra, ano de 2095. É 25 de julho, e posso até dizer que o ar está um pouco melhor do que na semana passada. Deve ser o inverno, pois no verão não conseguimos um ar desse nem mesmo em nossos sonhos – isso quando conseguimos dormir.

Já estou caminhando faz três dias, minha última refeição foi pouco tempo antes de eu sair do acampamento em São Miguel, um dos últimos lugares que restou para sobreviver.

Isso tudo começou há quase cem anos, quando a exploração de Marte já estava dando mais resultados do que se esperava. Os cientistas que lá estavam encontraram algo em seu interior, um mineral tão resistente e condutor que alguns até tentaram comparar com outros que já conhecíamos, mas sua diferença estava na composição. Elementos que achávamos impossíveis existir, tão poderosos quanto o Urânio, mas cuja radiação era tão baixa quanto o próprio Carbono 14. Um mineral que chamaram de Ultra-Urbônio 52.

Passaram a utilizar este metal em novos ônibus espaciais. Até aí as maravilhas surgiam: novos planetas, novas fronteiras. Foi quando decidiram usá-lo na placa de uma Inteligência Artificial que a coisa saiu do nosso controle. Havia medo por conta das ogivas nucleares, mas não foi isso que contaminou o solo ou matou mais de 70% da população mundial. Foi um reator em uma usina nuclear, construída no final da década de 50 no antigo território do Parque de Ordesa, na Espanha. O céu escureceu e, pouco tempo depois, a radiação já contaminava toda a Europa. Algo muito maior do que já havia ocorrido em Chernobyl.

Com o tempo, a radiação se espalhou: novas doenças e novas máquinas de guerra. Tudo e todos, então, voltaram-se para o único lugar fértil que ainda restava no mundo: o Brasil. E, como resultado, você já deve imaginar… Florestas destruídas, animais mortos e plantações radioativas: um mundo onde ninguém gostaria de viver nem mesmo em seus maiores pesadelos.

Mas hoje caminho em busca de uma salvação. Dizem que há um laboratório, em São José dos Campos, onde o que restou de nossos gênios busca uma forma de revidar e salvar o que sobrou de nosso planeta. Mas é preciso ser cuidadoso. Há vigias por todos os cantos, as máquinas controlam tudo por aqui, e são as únicas que ainda conseguem caminhar livremente pelo solo sem correr o risco de se contaminar pela radiação. Por trás delas deve haver alguém comandando, seja aqui na Terra ou em Marte. Portanto, para vencer este inimigo, primeiro precisamos recuperar nossas forças, nosso ar, nosso planeta.

Já me aproximava de Campinas quando avistei o que parecia ser fumaça vinda do Leste. Não estava tão longe, daquele ponto poderia chegar lá rapidamente apesar do peso da mochila sobre as costas, onde eu carregava algumas trocas de roupa, um rádio velho, lanternas para noites escuras, alguns canivetes e três máscaras contra radiação. Sem contar os três cantis com água, que havia conseguido com muita sorte, afinal, era algo difícil de se encontrar. Além de um outro cantil com pinga, para aliviar a dor das feridas.

E se for uma armadilha?, pensei comigo mesmo ao avistar um velho carro tombado, afinal, as máquinas eram tão espertas quanto podíamos imaginar.

Mas, mesmo assim, segui meu caminho até o local. Enquanto me aproximava, pude ver uma moça presa com o cinto de segurança do carro, e quanto mais perto chegava… mais nitidamente podia ouvir os gritos.

— Socorro! — gritava em desespero. — Me ajude! Alguém!

Enquanto eu me aproximava, ouvi roncos que pareciam de motos. Eram os coletores. Pude perceber que estavam se aproximando, mas infelizmente não pude prever por onde eles viriam, portanto, corri para salvar a pobre moça antes que fosse tarde.

— Está tudo bem, vou ajudar você! — eu disse, tentando reconfortá-la, mas, no momento em que a tirei do veículo, eles haviam nos cercado. No mínimo cinco motos pararam à nossa volta, não tínhamos para onde correr.

Os coletores, sem descer das suas motos, empunharam suas armas.

— Não se mexam! Levantam-se e caminhem até nós com as mãos onde eu possa ver. — Suas vozes eram robóticas como era esperado, mas, ora, apesar de estarem razoavelmente longe, era como se suas palavras ecoassem no ar até chegar em nossos ouvidos com uma clareza impressionante. Não era por menos: amplificadores de voz acoplados direto nas cordas vocais, uma das muitas criações graças ao novo minério encontrado.

Levantei a pobre moça e nos colocamos em pé de frente para eles. Foi um olhar sincero e de despedida o que trocamos naquele momento. E, apesar da máscara que eu usava, percebi que ela conseguiu enxergar através das lentes azuladas.

Eles engatilharam e, no momento em que iam disparar, uma pequena granada caiu em meio às motos. Uma leve explosão surgiu, e espalhou choques elétricos em efeito dominó entre os coletores. Então, ao Sul, vi um homem acenando em nossa direção, pedindo para que o seguíssemos.

—Vamos! — disse animado. Pude até mesmo ver um sorriso no rosto da moça, que, por sinal, não usava qualquer tipo de máscara. — Estamos salvos!

Enquanto caminhávamos em direção ao homem, um dos coletores ainda conseguia se mexer. E, a poucos segundos para chegarmos ao local onde havia uma proteção feita de carcaça de caminhão, o disparo aconteceu. Pobre coitada, consegui livrá-la do cinto que a prendia no carro tombado, para que morresse com um disparo na cabeça. Jamais saberei o que aconteceu e como ela foi parar ali. O tiro me paralisou e, enquanto o coletor se preparava para o segundo tiro, o homem me puxou para trás da proteção.

Outra granada veio do Leste, e acabou de destruir o que restava dos coletores.

—Você está bem? — perguntou o homem.

Minha visão estava turva, não me alimentava há três dias, e toda aquela situação havia me esgotado, parecendo tirar meus sentidos. Desmaiei e, para mim, aquele seria o fim.

Acordei em uma sala bem iluminada. Ouvia vozes de no mínimo umas dez pessoas. Eu tentei levantar, mas parecia que havia levado uma surra daquelas. O quarto era bem ajeitado, apesar das cômodas cheias de cupim e um colchão rasgado.

— Tome, coma um pouco. — Era o mesmo homem que havia me salvado. Entregou um prato de sopa em minha mão. Não soube direito do que era feita, mas comi rápido da forma que esperavam que eu comeria.

Ao acabar de comer, olhei com atenção para todos. Estavam magros, é obvio, mas alegres ou esperançosos com alguma coisa, como se tivessem encontrado uma forma de sobreviver.

—Venha comigo — disse outro homem, encostado na porta. Era mais velho, sem dúvidas deveria ser o líder do lugar.

Caminhamos pelos corredores. Ele me explicou que aquele abrigo havia sido construído logo após o reator explodir, e antes mesmo da radiação tomar conta da Europa, o lugar já estava quase completo. Afinal, sabiam que mais cedo ou mais tarde tudo aquilo chegaria por aqui.

Apesar de já estar completamente consciente, não conseguia compreender onde o abrigo realmente estava, se era debaixo do solo ou um abrigo na superfície totalmente equipado com chumbo.

Ele me mostrou as salas do lugar, um local que usavam para não morrer com a radiação do mundo lá fora. Mas aquele refúgio estava condenado, já podiam ser vistas rachaduras no teto e, segundo projeções, o local não duraria mais de três semanas.

— Gastei milhões para construir este lugar e, quando o inevitável aconteceu, tentei abrigar o máximo de pessoas que pude... mas das quinhentas pessoas que este abrigo tem capacidade de aguentar, sobramos apenas nós.

Chegamos a uma sala grande, com uma mesa redonda no centro, computadores antigos nas laterais e rádios para comunicação. Ao redor da mesa, apenas uma dúzia de pessoas (incluindo as que estavam no quarto quando acordei) – era o que havia restado.

— E agora recebemos mais um... — dizia o velho homem. — Muito prazer, meu nome é Victor.

— Prazer... — respondi, meio sem jeito. Ainda estava me acostumando com tudo aquilo. — Arthur.

Os dias se passaram e, um a um, eles me explicavam sobre o lugar e o plano de chegar a São José dos Campos (assim como eu também planejava), mas aquela seria uma dessas viagens longas e arriscadas, principalmente em um grupo como o nosso. Seria completamente impossível passar despercebidos pelos coletores.

Por fim, em uma conversa, acabei retirando uma dúvida.

— Com licença — aproximei-me de Victor, que observava um mapa na esperança de encontrar a melhor rota.

— Entre! — disse em tom animado.

— Aquele dia em que vocês me resgataram, os coletores mandaram que nos levantássemos e mantivéssemos as mãos onde pudessem ver... como os policiais faziam antigamente. — Desviei o olhar e observei os pôsteres na parede, todos dos anos 2000, uma época agora muito distante. — Por quê?

— Aqueles que programam os coletores usam como base os próprios humanos que aqui já viviam. Quando surgiram, eles não apenas matavam as pessoas, mas as capturavam e levavam para sua base central em São Paulo, e lá transferiam a consciência de um homem para uma máquina. Por isso são chamados de coletores, pois, no início, coletavam seres humanos para que mais deles passassem a existir.

— Então os humanos não morriam, apenas eram "transferidos" de um corpo para outro?

— Exatamente. — O olhar do velho se voltou novamente para o mapa, e ele continuou. — Agora venha e me ajude aqui.

Observamos o mapa por quase meia hora, até que encontramos uma rota rápida, um pouco segura e que levava em um caminho direto à base em São José dos Campos.

Preparamos as coisas e fizemos nossa última refeição antes da viagem. Todos estavam nervosos e esperançosos.

Ao saímos do abrigo pude perceber que realmente estávamos logo embaixo do solo, todos com suas máscaras e armados para enfrentar o que quer que fosse.

A caminhada foi tranquila nas primeiras horas. Não sabíamos o tempo exato, mas tínhamos uma noção, graças ao sol. E ainda víamos coletores passando vez ou outra no horizonte, mas, por sorte, passamos despercebidos por eles. Quando faltava pouco mais de um dia para chegarmos, paramos para descansar. O maior erro que cometemos.

Fomos emboscados por coletores e, apesar de termos enfrentado-os com coragem e força, mais da metade de nosso grupo sucumbiu, sobrando apenas eu, Victor, Luís e Marta.

Quando vencemos os coletores, ouvimos um deles rugindo de dor. Era uma voz humana. Olhamos com estranheza e, caminhando na direção dele, vimos tecidos em meio às partes metálicas. Havia uma máscara. Naquele momento percebemos que os coletores nada mais eram do que os próprios humanos disfarçados de máquinas. Tentamos interrogá-lo, mas ele só disse algo como "conquista as fronteiras", e então morreu, sangrando como um humano qualquer.

Continuamos nossa caminhada, tristes pelas perdas e com muitas dúvidas sobre o que realmente havia acontecido e o que estava acontecendo no mundo. Já exaustos, chegamos ao nosso destino, e o que vimos espantou nossos olhos: chamas por todo lado, ruínas de uma antiga cidade, coletores por todos os cantos fazendo sua ronda, e, na direção do laboratório que buscávamos, a última bomba armada na cidade explodia, junto com o que restava de nossas esperanças.

Caí de joelhos no solo arenoso. Retirando minha máscara, vi a salvação de nosso mundo queimando; e, do alto, a silhueta de um satélite, de onde ele observava tudo da sua base em solo marciano, estava concluindo seu objetivo: destruir este planeta, tornando-o inabitável para qualquer fonte de vida que não fosse a que ele próprio havia criado. Era o que fazia, conquistando fronteira após fronteira. Espalhando suas máquinas de guerra, usando humanos como escravos, infiltrando-se e aumentando seu próprio império.

E, na Terra, restavam eu e meus velhos novos amigos. Nossa esperança, destruída, o que poderíamos fazer e para onde poderíamos ir? Seria o fim, pelo menos para nós, mas nossa espécie e conhecimento ainda iriam sobreviver.

Com o minério encontrado em Marte, novas possibilidades foram alcançadas. Sem que isso se tornasse um assunto público, o governo lançou uma nave tripulada por pelo menos duzentos especialistas para estudar um exoplaneta não muito longe de nosso Sistema Solar. Lá estarão, longe da radiação que destruiu nosso lar, onde poderão cultivar a terra, fazer novos constructos e recomeçar.

Será, assim, um Ano Zero, pois enquanto um planeta morre, outro nasce renovado.

Mas as histórias sobre o que aconteceu ali, quem comandava aquela destruição, o que o minério criou ao se fundir com a nossa Inteligência Artificial, talvez esse seja um mistério que fique perdido entre as estrelas, sem jamais ser encontrado.

E a Terra, pobre planeta, acabou se tornando, assim como Marte, um planeta vermelho.

RECOMEÇO
Félix Barros

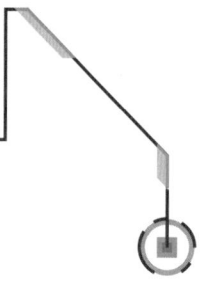

Acordo no meio de mais um sonho ruim. Olho para o maldito relógio. Parado. A tecnologia que restou não presta. Os sonhos não prestam. A comida não presta. Os companheiros não prestam. Nada é confiável neste mundo.

Um fiapo de claridade escapa entre as nuvens densas. É de manhã. Hora de procurar um resto de ração nos lixões e tentar serenar a fome.

Estou atrasado. Milhares de pessoas esperam a chegada dos caminhões com o lixo das fortalezas. Rostos desfigurados pela fome, pelas malformações e pela violência. Quase todos familiares e desconhecidos. Familiares nas suas carências, no sofrimento e na falta de perspectiva. Desconhecidos pelos limites que ultrapassam para atingir seus objetivos.

Todos aguardam silentes o momento de agir. As narinas pulsam e algumas bocas salivam. Olhares desconfiados, pupilas dilatadas, corações acelerados. Estou entre eles.

Começa o burburinho. Ao longe, ruídos de automóveis. Carros de segurança seguidos por caminhões com o resto de comida das fortalezas. Cerca de 50 carros ao todo. Na chegada, descem milicianos dos carros menores dando tiros para o alto, abrindo espaço para os caminhões de lixo. Algumas pessoas mais desesperadas correm em direção ao comboio, talvez em surto pela fome extrema. Um a um, são alvejados pelos guardas. Outro banquete se põe: o sangue, pouco a pouco, mistura-se ao lixo.

A multidão, enfim, recua. Os olhos atentos dos milicianos observam o movimento, enquanto os caminhões despejam a nova carga. Momentos que parecem durar uma eternidade. Em alguns minutos o serviço está feito. Os caminhões retomam suas posições no comboio. Os milicianos entram nos carros, ainda de armas em punho, e é dada a ordem de retirada.

Enquanto o grupo motorizado se distancia, uma corrida louca tem início. Milhares de seres animalizados disputam restos como se aquela fosse a última coisa a fazer na vida. Pessoas se empurram, batem, pisoteiam, amassam em busca de detritos. Entre elas, eu. Os mais fortes abrem caminho com os punhos. Os mais ágeis driblam os concorrentes. Alguns avançam de facas ou punhais em mão.

Aos poucos, aquelas montanhas de restos de alimentos misturados com detritos desaparecem. E aparece o pior dos espetáculos. Centenas de corpos pisoteados, esfaqueados, baleados.

Uma legião de homens e mulheres armados surge e afasta a turba para tomar conta dos corpos. São conhecidos como a gangue dos vampiros. Trazem motos e caminhonetes com caveiras e fogueiras. Jogam os corpos inertes nas caçambas. E vão embora tão rápido como chegaram.

Usam os corpos para rituais satânicos. Nessas cerimônias, regadas a muita bebida alcoólica, separam o sangue das vítimas para oferecer aos seus deuses. Bebem o sangue e assam os corpos para se servirem num banquete mórbido.

Muitos deles prestam serviços para os senhores das fortalezas. Servem como milicianos, uma guarda especial que protege e realiza serviços, inclusive de eliminação de desafetos.

O confronto continua. Quem pode vai lutando atrás de mais restos, derrubando adversários, correndo com o prêmio da vitória nas mãos. Mais corpos sobram para banquetes futuros. Alguns grupos se formam e carregam cadáveres para um frigorífico em ruínas. Um círculo de homens e mulheres armados os protegem da multidão. Aos poucos, os vampiros vão fazendo escola.

Na cidade em ruínas, há pouco o que fazer. Voltar para o território de cada um, procurar sua turma, pensar em como passar o tempo enganando a barriga e se protegendo das gangues rivais.

O cheiro de morte ronda todos os lugares. Naves escuras e drones parecem vigiar nossa atividade o tempo inteiro. Lançam uma substância que empesta o ar e causa animosidade no ambiente. Nossas mentes parecem embotar-se. A violência e o medo vivem em *stand by*.

Até que alguém provoca o inimigo com um gesto, uma palavra, uma ação. Cansei de ver lutas estúpidas provocadas por motivos banais. Não sei por que fico assim, por que faço esses comentários. Parece que o veneno dos drones está fazendo menos efeito. Em mim e em outras pessoas.

Às vezes, busco me distanciar dos companheiros. Procuro um lugar mais afastado da cidade, onde diversas pessoas se reúnem. Apesar da diversidade de grupos ali representados, o que reina naquele ambiente é a trégua. Pessoas vão lá para meditar e se encontrar. Algumas têm coragem de falar. Todos estão doentes, cansados.

Uma das poucas telas funcionando na cidade mostra imagens do declínio do planeta. Um canal de História apresenta um documentário antigo sobre os causadores do conflito que deflagrou a guerra mundial. Os *iluminatti*, nascidos em famílias reais e de grandes empresários – um poço de vaidade –, pensavam ter controle total sobre o planeta e seu destino. Aliados aos aliens piratas, que pilhavam a Terra há milênios e forneciam tecnologia a ser copiada pelos humanos, geralmente para fins belicistas, foram longe demais.

A Confederação Galáctica, que tentou negociar uma solução pacífica para evitar a destruição do planeta e sua repercussão junto aos outros do Sistema Solar, teve que impor uma barreira extrafísica para evitar que os não confederados entrassem e saíssem da Terra. A decisão aumentou a cólera dos aliens, que incentivaram o incremento da produção de armas e de conflitos fabricados para que a disputa levasse à destruição do planeta e ao fim dessa barreira.

Não conseguiram destruir o mundo, mas acabaram com a vida no hemisfério norte. E correram para o sul, instalando feudos onde a minoria detentora da tecnologia vive uma vida tranquila, uma bolha de ar respirável, água potável, vegetação e animais saudáveis. Ilhas de bonança cercadas por terra infértil, animais e vegetação em extinção, ar doentio e opressão.

Muitos de nós queríamos uma intervenção dos extraterrestres, mas já foi dito mais de uma vez que eles só pisariam aqui se houvesse risco para os outros planetas. O estado de coisas atual é culpa nossa. Nós teremos que resolver isso.

Outro canal apresenta uma cerimônia de elevação. Buscamos esvaziar os pensamentos, serenar a alma e abrir uma fonte de comunicação com o nosso interior. Os que têm fome dizem que essas coisas chegam a saciá-los. Os que têm dor também. Um silêncio ensurdecedor impera. Uma luz surge no centro do ambiente. Os mais novos se assustam, mas são contidos pelos mais experientes. A claridade toma todo o salão, trazendo paz a todos.

Um portal se materializa em meio à fonte de luz. Em seguida, silhuetas tomam formas conhecidas. Surgem cinco seres: um humanoide, um reptiliano, um zeta reticuliano, um felino e um arcturiano. Os novatos têm que ser contidos com maior uso da força. Alguns se desesperam. É importante que não saiam, para não perdermos a chance de comunicação com os seres.

Após alguns minutos de tensão, voltamos ao silêncio e os líderes da cerimônia cedem a palavra aos visitantes. Inicialmente, cumprimentam a todos. Logo, o humanoide toma a frente e fala com um sotaque esquisito. Informa que a Confederação cedeu em cooperar parcialmente com a organização de seres despertos e com um certo grau de fraternidade. Durante algum tempo estiveram monitorando populações como a nossa, em diversas regiões da Terra ocupada, selecionando indivíduos para participar da colonização de uma área do planeta que está isolada por um grau de vibração superior. Lá, segundo ele, as pessoas estão convivendo em condições de igualdade, tendo espaço para morar, plantar, produzir alimentos em conjunto e reflorestar. Não há carne para consumir, pois não há necessidade. Animais, só para fazer parte das famílias. Quem estiver disposto a seguir as regras será levado em breve pelas naves da Confederação. Dito isto, todos se despedem e retornam ao portal, que desaparece num instante.

Quase todos se põem a falar ao mesmo tempo, e é preciso um grande esforço dos líderes para conter os ânimos. O mais velho toma a palavra e informa que, conforme informações passadas pelos oficiais da Confederação, teríamos doze horas para apreciar a oferta deles. Receberíamos um sinal minutos antes do embarque.

Começam as dúvidas, as perguntas e os ataques. Alguém grita: "Por que temos que aguardar? Por que aguardar esse tempo se estamos aqui prontos para embarcar?". Outro pergunta se devemos confiar nesses alienígenas, se não estão levando todos para serem escravos em outras terras. O ancião responde que há, entre nós, muitas pessoas em dúvida sobre abandonar o local onde passamos toda a vida, que temos alguma esperança de que haja mudança num futuro próximo. Há também quem questione a veracidade de tudo isto, como já foi dito. Outros têm medo. É preciso meditar sobre o que foi colocado nessa reunião.

Eu estou sozinho, como a maioria deles. Não tenho amigos. Meus pais foram mortos há um bom tempo, enquanto tentavam obter alimento para eles e para mim. Seus corpos se tornaram oferenda dos vampiros. Tem que haver uma alternativa em algum lugar desse Universo. Algum lugar onde todos tenham um lar, um trabalho digno, uma família. Um lugar onde haja a oportunidade de recomeçar.

Passo as horas procurando motivos para permanecer aqui. Só encontro violência, traição, abandono, sobrevivência.

Uma luz aparece no centro da sala. Semelhante à luz do encontro no salão. É o humanoide. Ele nos informa o ponto de encontro e o horário do embarque.

Recolho o pouco que me resta, uns trapos e uma foto antiga dos meus pais, o pouco que me permitia algum motivo para sorrir neste lugar. Há uma geração já não temos tecnologia disponível. Talvez na próxima não haja nem lembranças.

Na hora marcada, encontro cerca de 50 pessoas ansiosas e me pergunto o que houve com aquelas mais de 500 naquele salão. Será que desistiram?

Uma luz nos cega por momentos, enquanto surge uma nave diferente das que avistamos por aqui. Uma rampa se abre, e seguimos em busca de um destino melhor.

O arcturiano nos cumprimenta e pede que nos acalmemos. Explica que o nosso embarque é um dos cinco programados. A seguir, mostra imagens das outras naves acolhendo muitas das outras pessoas presentes no salão.

Lembro do número de pessoas que havia no salão. Os que embarcam são uma quantidade bem menor. Será que não chegaram a tempo? Desistiram? Uma das telas mostra imagens do salão, onde acabam de chegar milicianos e outras pessoas. Uma delas estava próxima de mim no dia da reunião. Parecem surpresos ao encontrar o local vazio. Não houve tempo para explicações.

As naves se alinham e seguem seu rumo. Passo frente a uma tela que parece indicar velocidade, altura e demais parâmetros de navegação. Outro detalhe me chama a atenção: destino – África.

SEM PALAVRAS
Giovane Santos

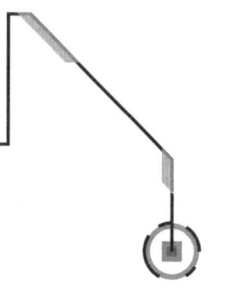

De todos os artefatos preservados do antigo mundo, de antes que os continentes fossem submersos pelas águas no impacto do asteroide em 2052, aquelas caixas de papel cheias de figuras e letras eram os únicos objetos proibidos à geração que cresceu nos *bunkers* nas montanhas Allegheny, antiga América do Norte. Conhecer os mitos e costumes da civilização pré-apocalíptica através daquilo que chamavam de livros se tornou crime capital na nova ordem estabelecida naquelas cavernas onde a oratória significava poder.

Quando a epidemia de cegueira contaminou todos os adultos – a maioria pesquisadores, engenheiros e cientistas de Utopia – a biblioteca, lacrada pelo governo emergencial, ganhou ares de cemitério abandonado.

No início, a doença surgiu como leve mutação genética. Os adultos com mais de 30 anos desenvolveram acromatopsia, que limitava a percepção das cores e reduzia a visão aos tons de cinza, preto e branco, mas depois... os olhos se fecharam e o pânico dominou. Apenas os netos da quarta geração de sobreviventes do *bunker* ainda enxergavam as cores e o caos que se avizinhava com a escassez de alimentos da arca, preparada para resistir por cinco séculos. As constantes brigas pelo poder e as oscilações de energia nos depósitos de mantimentos aceleraram o prazo de validade do abrigo. Morreríamos de fome se não enfrentássemos o mundo lá fora.

Nunca conseguimos sinais de sobreviventes na superfície do globo até aquele dia em que o único cilindro holográfico de contato, ainda intacto, ressoou pelo *bunker*. A questão é que ele ficava no hangar proibido. A Biblioteca dos Antigos.

Se os anciões culpavam séculos de escrita pela queda da civilização, se os livros alimentavam narrativas de vaidades, ódios e cobiça que nos levaram àquele lugar, isso pouco importava a um insurgente como eu, batizado com nome de um herói indomável: Ulisses.

Eu, Dorothy, Alice, William, Virginia, Poe e Cervantes invadimos o hangar proibido em busca da mensagem holográfica, seguidos por dezenas de jovens perplexos com as gigantescas estantes repletas de livros de todos os idiomas e países do velho mundo. A maioria deles entrou em surto, arrancando volumes das prateleiras, ateando fogo para espantar o frio. Outros caçavam pequenas aves e veados que escaparam das celas *minizoo* da arca, abertas na última oscilação de energia, em clima de selvageria.

Só eu e meus seis amigos seguimos o rastro do radar holográfico, resguardado em uma sala nos fundos da biblioteca. Quando o encontramos, uma mulher de cabelos ruivos trançados e macacão de lycra branco, brilhava na base difusora do holograma.

— Enfim, o encontro prometido. Sou Cyara, guardiã de Shangri-La, o arquipélago que emergiu no Atlântico após a queda do asteroide. Vocês guardam um tesouro. Séculos de história e anseios humanos em brochuras. Monitoramos vocês há décadas através de infiltrados que deram sua cota de sacrifício. Seus pais...

— Impossível! — Interrompi em negação. — Descendemos dos sobreviventes ao cataclisma! Nossos pais contestavam as diretrizes do *bunker*, mas nunca fariam...

— Por que acha que eles se amotinavam em reuniões secretas? Por que

Ulisses

foram os únicos a aprender que livros e demônios não são sinônimos? Sabíamos que os recursos do *bunker* degradariam. Os governantes de sua arca sucumbiram à mesma soberba dos que negaram a chegada do asteroide. Por isso oferecemos nossa morada, desde que tragam as obras que seus pais gravaram em seus braços e vocês achavam ser tatuagens exóticas. Precisam chegar a Shangri-La com esses livros, o sopro de vida, para não repetirmos os erros da antiga civilização.

Cenas de nossas infâncias ganharam sentido. As conversas secretas de nossos pais nas tubulações sem câmera. Seus olhares de eterna desconfiança. Suas incursões às escondidas à biblioteca. Eu, Cervantes, Poe e Wiliam dedilhamos os bíceps tatuados com frases de obras que nunca lemos. Dorothy, Alice e Virginia fizeram o mesmo. A excentricidade que nos uniu desde a infância.

— Como confiar que você não está nos guiando a uma armadilha?! — Alice se exasperava.

— Olhem ao redor... Pode existir maior risco que continuar nessa arca à deriva?

Gritos de ira e de violência absurda ecoavam na biblioteca. Alguns jovens caíam no chão, com visão nublada, como se aquele hangar também estivesse contaminado pela doença. Outros prosseguiam a destruição, alheios a tudo. E nós, ilesos?! Mas até quando?

— Como chegar a seu continente?! Sem uma coordenada, uma embarcação! — Tomei a dianteira. Não tínhamos outra saída a não ser confiar em Cyara.

— Esta sala tem uma passagem secreta, túneis que levam à cápsula subaquática que os militares usavam para averiguar as condições de vida na superfície. Já a bússola está em vocês. Nas tatuagens. Unam os braços, em ordem alfabética, e vejam as coordenadas...

A mensagem holográfica se desfez. Estendemos os braços na ordem que Cyara orientou. A inicial de cada citação tatuada tinha uma numeração. *26° 37'45 " N, -70° 53'1 " W.* A rota de Shangri-La.

Tateamos as estantes de livros da saleta. Dorothy logo achou o botão de acesso ao túnel atrás da Divina Comédia. Corremos a pinçar nas prateleiras as obras citadas em nossos braços, quando Fausto, o líder da destruição, nos avistou. Como uma fera, correu em nosso encalço, atraindo uma turba desvairada. Foi o tempo de atravessarmos a passagem e sermos seguidos até a plataforma do minissubmarino.

Fui o último a embarcar no veículo, após me desvencilhar da chave de braço de Fausto, que afundou na água gélida. Ninguém sabia pilotar a cápsula submarina, mas não devia ser diferente dos protótipos das sondas, que aprendi a enviar ao oceano para análise de salinidade nos treinos de gerência do *bunker*. Imergimos num mar de escuridão e, quando transpassamos a montanha submersa, emergimos na superfície do oceano, navegando entre destroços de arranha-céus que despontavam na nova geografia do planeta. Com dificuldade, acostumamo-nos com a luz solar, contemplada pela primeira vez.

Só tínhamos ideia do firmamento pelas histórias de nossos pais, mas aquelas luzes, que deixavam o céu com feixes coloridos, deviam ser a famosa aurora boreal, que agora, com as mudanças climáticas do cataclisma, era constante, assim como os quatro drones que nos avistaram como uma espécie de guia.

De início, pensamos estar sob a mira de um ataque, porém, dos aparelhos saíam imagens holográficas e uma música diferente das que ouvíamos no abrigo. Uma voz rouca e grave de um homem negro de terno, acompanhado por uma orquestra, cantava algo sobre um mundo maravilhoso. Não. Não era ameaça. E sim um farol enviado por Shangri-La. Éramos importantes demais para que perdêssemos as coordenadas de seu continente.

A viagem durou dias. Consumimos as poucas provisões e garrafões de água encontrados no interior da cápsula subaquática que assumia as funções de carro anfíbio na lâmina do oceano. E, a cada dia, uma música nova era tocada no drone. Ontem, quatro rapazes britânicos cabeludos, guitarras em punho, cantavam *In my life*. Empolgada, Alice me puxou a uma dança de rosto colado, escancarando sua queda por mim. Virgínia exibia os dotes de bailarina, tentando animar o sempre depressivo Poe. Cervantes e William tentavam entender o sentido das palavras nas obras que levamos. Em vão. Sabíamos apenas o significado de nossas tatuagens. Ler era proibido na sonda. Éramos uma geração que conhecia histórias pela oralidade, principalmente as que nossos pais contavam e originaram nossos nomes, seus personagens e escritores prediletos. Por isso sempre gostei de ser chamado de "navegador grego". Anos no mar em aventuras, até reencontrar o caminho de casa e a amada. De certa forma, buscávamos esse lar perdido.

De repente, um forte baque estraçalhou a cápsula de vidro da embarcação. Uma gigantesca baleia azul nos golpeava com sua cauda. O veículo se encheu rápido de água e os livros foram levados pela correnteza. No desespero, inflamos um bote salva-vidas e só conseguimos resgatar o dicionário de mitos e lendas.

Derrotados com aquela perda, passamos horas inertes, contemplando o vazio naquela lona de plástico, quando, nos primeiros raios de sol da manhã seguinte, avistamos um continente. Um paredão invisível, contudo, nos impedia de avançar. Os drones, que sumiram desde o ataque da fera marinha, ressurgiram, conduzindo um séquito de carros anfíbios que atracaram diante de nós. De um deles desembarcou Cyara, acompanhada de sentinelas com macacões de escamas e guelras sob as orelhas.

Levantamo-nos assustados. Era a primeira vez que lidávamos com humanos fora do *bunker*. Ou quase humanos... Antes de eu ensaiar qualquer desculpa pela perda dos livros, Cyara pegou o dicionário de minha mão.

— Qual a cor dele? Preciso saber... — ela suplicava, como quem toca algo sagrado.

Gelei. Ela sofria de acromatopsia e, possivelmente, outros da ilha também.

—Vermelho... como seus cabelos... como o turbilhão de coisas que me agitam. Vocês nos monitoraram o tempo todo. Devem saber que quase todas as obras se perderam no naufrágio. Por que ainda assim querem nos receber?

— Criamos nosso mundo com os sobreviventes do globo, após este arquipélago emergir no Atlântico. Mas precisávamos das narrativas que nortearam a humanidade para que a história não se repetisse. Havia outra arca, repleta dos rejeitados à ideologia de seu *bunker*: músicos, intelectuais, artistas, pesquisadores. Mas isso nunca lhe foi contado. Temos *HDs* digitais de todas as obras sepultadas em seu abrigo. Mas sem código de acesso. Sabíamos do risco de os perderem na travessia. Por isso, seus pais os tatuaram em vocês...

— Tá dizendo que as coordenadas em nossa pele são... códigos de leitura de uma biblioteca inteira? — Eu mal podia acreditar. Séculos de história em mim.

— E, ironicamente, a tinta usada no procedimento gerou uma mutação que os tornou imunes à cegueira. *Conhecimento liberta*. Não era isso que diziam os sábios?! Precisamos decodificá-los, acessar os HDs e transcrever essas histórias em todas as crianças da ilha, antes que sejam contaminados pelo apagar das luzes. Criar homens-livros que saibam cuidar do futuro. Durante séculos, nosso povo sonhou com os livros que carregam na pele. Ulisses singrando os mares, Alice no País das Maravilhas, Quixote e seus moinhos de vento, Poe e suas histórias extraordinárias...

— Somos a biblioteca do novo mundo... Cacete! — Cervantes me acotovelou, olhar de súplica. — Embarcamos nessa ou damos o fora? Você sempre foi o mais lúcido!

— E fugir pra onde? Somos novos semideuses, meu amigo. — Encarei-o decidido.

Todos nos entreolhamos, alguns receosos com aquela hospitalidade, mas assentimos com a proposta, e Cyara interpelou pela última vez.

— Ah! Temos um pequeno grupo resistente, que talvez testem seus limites. São os *Adoradores da cegueira*. Mas deles sabemos nos ocupar...

O alerta sobre os dissidentes nos deixou titubeantes, mas decidimos ficar. Qualquer que fosse o mundo fora do *bunker*, a viagem seria tão desafiadora quanto o oceano de histórias que carregávamos em nós.

SUBTERRANEUS
João de Deus Souto Filho

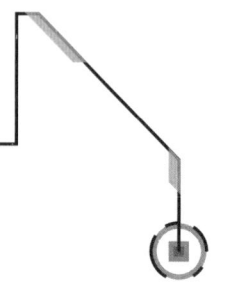

—Fechem o portão da caverna! Isto é uma emergência!
— A vedação do portão não está perfeita. Está apresentando vazamento de ar!
—Todos para o heliponto! Explosão descontrolada do reator central!

Presos na caverna, iluminados apenas por um bastão de luz fria, nos olhávamos assustados. Na superfície do planeta, uma nuvem radioativa encobria tudo. Era o manto da morte sufocando, queimando, calcinando a vida.

A voz de Mário nos acordou daquele instante de choque. — Precisamos descer mais e mais depressa!

— Mas já estamos a mais de cem metros de profundidade. Estamos quase sufocando por falta de ar! — falou Marcelo, coberto de suor.

— Não temos alternativa, se quisermos sobreviver... vamos adiante, vamos logo! — disse Mário, com uma convicção inquestionável.

— Mas temos poucos mantimentos. Não vamos conseguir ficar aqui por muito tempo.

— Se alcançarmos o Nível 200 encontraremos mais algum suprimento.

— Como você sabe disso?

— Fui eu quem projetou as galerias dessa mina e sei o que tem lá embaixo!

E então seguimos adiante como quem avança por um pântano de incertezas. Um silêncio pesado nos acompanhou por horas e horas, quebrado apenas pelos nossos passos ao longo daquela descida que não parecia ter fim. Foi quando nos deparamos com uma placa onde estava escrito "Nível 200".

Ouvimos, então, a voz firme de Mário dizendo: — Chegamos!

Uma porta de aço, larga e pesada, foi arrastada sobre um trilho invisível em meio àquela escuridão. Entramos cambaleantes num pequeno salão escavado na lateral da galeria, tateando em busca de algum suporte para nos sentarmos. Estávamos exaustos. De súbito, o ambiente foi iluminado pela luz amarela de uma luminária alimentada por bateria.

— Descansem um pouco antes de conversarmos sobre a criticidade da situação na qual nos encontramos — recomendou Mário, apoiado na parte final da porta metálica.

— Criticidade? — rebateu Marcelo, com voz trêmula.

— Sim! Criticidade. Estamos diante de uma situação com a qual nunca nos deparamos. Uma situação da qual não tem retorno... somos os únicos sobreviventes nesta ilha — disse Mário, sem meias palavras.

— Não sobrou nada lá em cima? — questionou Maria, quase aos prantos.

— Nada! — exclamou Mário. E complementou. — Somos só nós quatro.

— Todos nós sabíamos que o experimento com o qual estávamos envolvidos era muito perigoso — falou Marcelo em tom de arrependimento.

— Sim, todos sabíamos. Porém não imaginávamos que as coisas sairiam do controle como aconteceu — exclamou Mário, em meio àquele lusco-fusco. — Não adianta querer arrumar culpados agora. Temos que nos preocupar com a nossa sobrevivência.

Passados mais alguns minutos, que pareceram horas de tensão e medo, Mário voltou a falar. Aquele espaço escavado na lateral da mina mais parecia uma clausura, sem janela, apenas pontas de rochas facetadas pelos explosivos usados para abertura da galeria.

— Peguem água e mantimentos. Nosso próximo objetivo é alcançar o Nível 400. E não se esqueçam das máscaras. Cada um deve também pegar corda e pelo menos um saco plástico. Precisamos nos distanciar ao máximo da boca da mina. Se a massa de ar radioativo nos alcançar, estaremos mortos. Esqueçam de tudo o que existia lá em cima. Tudo foi queimado pela radioatividade. Não sobrou nada.

— Será que essa nuvem radioativa vai alcançar o continente? — questionou Mário, apreensivo.

— Muito provavelmente sim — afirmou Mário laconicamente.

Ninguém fez mais nenhum questionamento. Apenas seguimos as instruções de Mário. Como autômatos, continuamos descendo para o fundo da mina.

À medida que avançávamos, o piso da mina ficava mais irregular e as condições da descida, mais críticas. Com muito custo conseguimos chegar ao Nível 400, onde encontramos um salão parecido ao do nível anterior, fechado por um largo portão de aço. Outra luminária alimentada por bateria foi acesa e só assim pudemos nos olhar, ainda muito assustados.

— Precisamos dormir. Caso contrário, não teremos forças para prosseguir.

— Quando vai terminar esse martírio? — resmungou Marcelo, indignado.

— Não vai terminar! — respondeu Mário, sem meias palavras. — Nosso desafio é sobreviver. E eu não tenho a mínima ideia do que nos espera mais à frente. Depois do Nível 400 não existe mais nenhuma estrutura de apoio. Tudo o que teremos pela frente será incerteza e escuridão.

— Então é melhor ficarmos onde estamos! — gritou Marcelo em tom categórico.

— Não podemos ficar aqui por muito tempo, porque em breve esta área também estará contaminada pela radioatividade. O portão que fecha a boca da mina não vedou completamente a passagem de ar. Nossa única esperança é alcançarmos as cavernas naturais que existem na parte final da mina, onde há um pequeno curso d'água subterrâneo, segundo o último mapeamento que foi feito. Se não chegarmos nessas cavernas, morreremos na certa — finalizou Mário, de modo incisivo. — Por ora temos que descansar!

A exaustão nos venceu e dormimos por um período que não podemos precisar. Fomos acordados pela voz áspera de Mário dizendo: — Levantem-se! Temos que seguir!

Maria ainda tentou contra-argumentar.

— Não podemos descansar mais um pouco? Eu estou exaurida!

Mário apenas falou em tom irritado:

— Levantem-se e peguem as suas coisas. Temos que levar os mantimentos e a água que pudermos carregar. Agora é tudo ou nada. Não se esqueçam das suas lanternas, dos capacetes, das cordas e das baterias que estão naquele armário — indicou, apontando para o armário na entrada do salão. — E coloquem as baterias dentro dos sacos plásticos que trouxemos do Nível 200. Só poderemos acender uma lanterna por vez. Teremos que economizar tudo: água, comida e bateria!

Deixamos o Nível 400 para trás e nos embrenhamos na escuridão seguindo o facho de luz que emitia a pequena lanterna fixada no capacete de Mário.

Chegamos, então, a uma parte onde uma água fria gotejava sobre as nossas cabeças. Alguém disse em voz baixa: — É água salgada.

Mário logo se pronunciou: — Estamos sob uma camada de sal. É esse o motivo da água ser salgada. Pelos meus cálculos, estamos próximos de alcançar o nível de rochas calcárias, onde poderemos encontrar as cavernas às quais fiz referência quando estávamos no Nível 400.

Ainda caminhamos por bastante tempo até alcançarmos um largo salão com paredes corrugadas e curvas. Foi quando Mário parou a marcha e falou com certo grau de alívio:

— Chegamos na parte das rochas calcárias. Vamos parar aqui para descansar e comer alguma coisa — a voz de Mário reverberava nas paredes do grande salão, se desdobrando em múltiplas frases soltas que ecoavam em meio à escuridão.

Nossa alimentação se restringia quase exclusivamente à barras de cereais, frutas desidratadas e sardinhas enlatadas.

— Temos uma tarefa a cumprir. Vamos procurar passagens que possibilitem chegar a cavidades que nos protejam melhor das franjas de nuvens radioativas que avançam por dentro da mina. Como estamos procurando uma nova frente de escape, vamos todos acender as lanternas de nossos capacetes para vasculhar a área com mais rapidez. Quem encontrar alguma passagem deve dar um grito de alerta, para examinarmos juntos as condições de acesso.

Vasculhamos com cuidado cada canto daquela caverna, sem sucesso. Havia apenas algumas reentrâncias nas rochas que se revelavam sem grande extensão, levando a becos sem saída.

Quando já estávamos para desistir, ouvimos um grito de Maria:

— Achei alguma coisa!

Fomos até lá e verificamos que ele havia encontrado uma fenda alargada numa das laterais da caverna, em um nível acima das nossas cabeças, situada a uns dois metros do piso da caverna.

— Me ajudem a subir aqui para que eu possa examinar a possibilidade de acesso nessa passagem — falou Mário.

Marcelo pediu para Mário subir nos seus ombros e ele acatou a sugestão. Com a vantagem da altura Mário pôde iluminar a entrada de um pequeno túnel, com diâmetro não superior a 80 centímetros, que se desenvolvia a partir da fenda na parede.

—Vou entrar para examinar melhor. — Avançou, arrastando-se com alguma dificuldade.

Aguardamos por aproximadamente meia hora, até ouvirmos a voz abafada de Mário:

— Podem vir por aqui. Este conduto leva a uma outra caverna mais à frente!

Um por um, avançamos por aquele duto apertado, com os rostos quase colados nas botas de quem estava na frente. Seguimos por aproximadamente 30 metros até alcançarmos um novo salão, menor do que o anterior, mas onde podíamos nos acomodar com certo conforto. Mário nos esperava com uma notícia surpreendente. — Na parte final deste salão tem uma pequena fonte de água — disse ele, assim que nos reunimos.

— Fonte de água? — exclamamos em uníssono.

— Sim — confirmou Mário. — E eu pude escutar um barulho de água corrente por trás do bloco que cerra a fonte.

— Como assim? — questionou Marcelo, com ar de espanto.

— Isso é relativamente comum em cavernas de terrenos cársticos como este — respondeu. — Vamos precisar mergulhar para verificar se há alguma passagem pelo fundo ou pela lateral da fonte.

Maria, então, adiantou-se dizendo:

— Eu posso fazer isso. Tenho treinamento em mergulho.

— Você tem certeza? — perguntou Mário de modo incisivo.

— Sim, certeza absoluta — Maria demonstrava segurança.

Ficando só de macacão e segurando uma lanterna, ela entrou na água e mergulhou.

Passados alguns segundos, veio à tona e anunciou, com entusiasmo:

— Parece que tem uma passagem. Uma passagem que dá para uma pessoa.

— Você quer se arriscar a avançar mais? — questionou Mário, com ar preocupado.

— Quero sim — Maria disse, sem vacilar.

— Então vamos fazer assim: amarraremos uma corda na sua cintura, para que possamos te puxar caso ocorra algo indesejado.

Conforme combinado, a corda que havíamos levado foi amarrada na cintura de Maria, que voltou a mergulhar. A luz da sua lanterna iluminava as águas da pequena fonte. Aos poucos a luz foi esmaecendo até não vermos mais nenhum vestígio dela. As nossas respirações pareciam paralisadas com o desaparecimento do último facho de luz na água. Estávamos apavorados com a ideia de Maria se afogar naquela empreitada.

De repente, sentimos um solavanco na corda e começamos a puxá-la, em um movimento de resgate improvisado. Pelos nossos cálculos, Maria tinha avançado quase dez metros.

Puxamos a corda com muita tensão, como quem resgata uma preciosidade do fundo mar, até que pudemos ver os fachos de luz da lanterna de Maria.

Quando ela colocou a cabeça para fora d'água, logo nos disse:

— Tem outra caverna enorme mais à frente e parece que há um pequeno curso d'água que corre na sua lateral. Podemos chegar até lá.

Entreolhamo-nos com a alegria de quem abre a porta de um cofre.

— Você tem certeza de que é possível chegarmos até lá com segurança? — inquiriu Mário, com alguma preocupação.

— Sim. É um mergulho relativamente curto. Basta que cada um de vocês mantenha a calma enquanto estiverem debaixo da água. Além disso, devemos usar a corda como guia para dar mais segurança e indicar o caminho.

— Então vamos!

— Mas eu não sei nadar. Acho que não consigo — revelou Marcelo.

— Consegue sim. Você não vai nadar, vai apenas mergulhar — Maria disse, em tom calmo, a fim de dar mais segurança para Marcelo.

Depois de colocados os mantimentos e as baterias dentro de sacos plásticos, iniciamos a operação de mergulho. Sem muitos transtornos, conseguimos alcançar a outra caverna.

A partir dali, tudo teria transcorrido às mil maravilhas se não tivesse ocorrido um problema sério. O saco onde estavam os mantimentos apresentou um vazamento e todos os itens ficaram molhados. As barras de cereais e as frutas desidratadas foram totalmente comprometidas. Restaram apenas as sardinhas acondicionadas em latas hermeticamente fechadas. Porém, só havia oito latas.

— Temos que consumir o que está molhado, e deixar as sardinhas para depois — planejou Mário.

E assim foi feito. Nos dois dias seguintes, as barras de cereais e as frutas foram nosso alimento. A partir do terceiro dia, começamos a consumir as sardinhas.

Envolvidos na luta pela sobrevivência, nem percebemos o tempo passar. Como num piscar de olhos, comemos as sardinhas e a batalha pela vida passou a ser focada na busca por alimentos.

Já de certa forma adaptados ao ambiente subterrâneo, passamos a perceber que existia vida no interior das cavernas, o que não era observado no interior das galerias da mina: grilos, aranhas e caramujos, além de pequenos camarões que viviam nos corpos d'água que ladeavam a caverna. Havia também minúsculos cogumelos que pareciam brotar das estalactites e estalagmites localizadas no piso e no teto das várias cavernas por onde passávamos. Estas, então, acabaram sendo nossas únicas fontes de alimento.

Assim, passando de caverna em caverna, vivemos por muito tempo como seres subterrâneos. Não sabemos ao certo quanto durou o período que passamos embaixo da terra.

Por fim, um dia, nessa busca incessante por luz, conseguimos alcançar a superfície. E o que vimos por lá foi desolador: um céu cor de chumbo parecia cobrir todo o planeta. As árvores de grande porte deixaram de existir. Só eram vistos pequenos arbustos e vastos campos de areia onde as dunas formavam uma paisagem dominante. Essas dunas se alteravam como formas mutantes moldadas pelo vento quente que soprava de modo contínuo.

A grande nuvem radioativa havia se dissipado. A vida como conhecíamos buscava florescer na superfície calcinada do planeta.

Posicionados na boca de uma das tantas cavernas que existiam naquele litoral, buscávamos readaptar os nossos olhos à claridade do dia, mesmo com as densas nuvens filtrando grande parte da luz solar que atingia a superfície. Nos primeiros dias, só conseguíamos deixar a caverna no período da noite, quando era possível vermos com mais detalhes o que existia à nossa volta.

Depois de muitas idas e vindas, chegamos à seguinte conclusão: estávamos no continente!

O labirinto de túneis e cavernas pelos quais passamos nos levaram ao continente, permitindo-nos ultrapassar a franja de mar aberto que isolava a ilha da área continental.

Havíamos perdido a nossa capacidade de dialogar abertamente, visto que havíamos passado tanto tempo preocupados com a nossa sobrevivência. Porém, um sentimento de cumplicidade nos mantinha unidos. Tudo compartilhávamos sem disputas ou rixas de qualquer espécie. Bastava um olhar ou um toque para compreendermos a necessidade do outro.

Aos poucos, alimentados pela luz que nos aquecia, fomos recuperando hábitos aparentemente esquecidos, e a palavra voltou a tomar seu lugar de importância.

Tínhamos consciência de que teríamos que recomeçar tudo praticamente do zero. Mas o período passado no subterrâneo, de alguma forma, alterou a nossa visão de passado. O que buscávamos eram dias melhores. Nossas atenções se fixavam no presente, sem nos atermos a reflexões sobre como seria o nosso futuro mais distante.

Aos poucos, fomos edificando o nosso "mundo novo". Sem excessos, sem sobras, sem ganâncias de qualquer espécie. Arrisco-me a dizer que vivíamos felizes ali naquele território de parcos recursos.

Até que, certa manhã, uma embarcação aportou na praia onde nos encontrávamos. Dela, desceram homens encapuçados usando trajes de proteção contra contaminações. Eles nos levaram presos para uma área de contenção a horas de viagem dali.

Fomos tratados quase como extraterrestres: recebíamos alimentação controlada, não podíamos manter contato com ninguém que circulava por aquele local, que mais parecia um laboratório. Fomos submetidos a diversos tipos de experimentos, sem que sequer entendêssemos os objetivos de tais testes.

Mário expos o seu espírito rebelde logo que ali chegamos, tentando dialogar com os nossos algozes e buscando explicações sobre o que estavam fazendo conosco. A cada dia que se passava, a situação ficava mais tensa e, sem qualquer aviso, em uma noite de muita chuva, um grupo de pessoas armadas invadiu o alojamento onde estávamos e levaram Mário, amordaçado e preso a correntes pelas mãos e pelos pés. Todos ficamos aterrorizados com tamanha violência, mas nada pudemos fazer.

Meses se passaram até o dia em que, sem nenhuma explicação, fomos levados para uma ilha onde nos deixaram, como quem abandona um lixo indesejável. Ali, nos deparamos com mais pessoas que vagavam pelas praias como mortos-vivos.

Para nossa surpresa, quem nos recebeu foi um quase irreconhecível Mário, que trajava um uniforme branco com insígnias nos ombros. Gesticulava rispidamente como quem comandava aquele desembarque inusitado. Nos seus olhos, era perceptível notar uma opacidade que mais parecia a de um autômato.

E uma nova saga começou para nós…

UMA POSSÍVEL TERRA
Sandro Jamir Erzinger

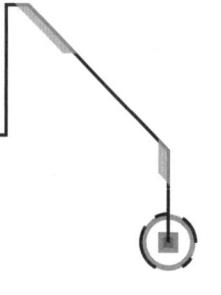

A vida pode reservar situações inimagináveis, cujos eventos, quando ocorrem, não devem ser perdidos, no contexto de ignorá-los. Afinal, independentemente do tempo, da era em que o ser humano vive, o instinto de sobrevivência e a curiosidade por explorar o desconhecido serão marcas permanentes de suas características.

Alex, um exímio técnico em informática e eletrônica, desembarcava no aeroporto após alguns dias de viagem pela empresa em que trabalhava e comemorava consigo a chegada em casa. Uma vez em sua residência, cumpriu com seus hábitos de costume: abrir as janelas, ligar o computador e o aparelho de som para tocar o impreterível rock, ou new rock e ligar seu robô de brinquedo e uma miniatura de parque de diversão, por ele mesmo montados.

Cumpridas então todas as suas tarefas, encaminhou-se para a porta dos fundos, onde punha-se a olhar a serra não muito distante, coberta de árvores e arbustos. Em seguida, mirou o céu, começando pela popular estrela Dalva ou, cientificamente, o planeta Vênus.

Em paralelo aos seus conhecimentos profissionais, Alex começava a engatinhar, por *hobby*, na área da astronomia, e aguardava com ansiedade pela chegada, nos próximos dias, de seu telescópio newtoniano. Por meio de estudos, descobriu que o telescópio superava a luneta, pois evitava problemas como a aberração cromática ou a sobreposição de diferentes cores na imagem.

O sol já se pôs tem uns quatro minutos, então tenho outros quatro minutos, aproximadamente, dessa magnífica luz do ocaso, pensou Alex.

Quando se preparava para tirar os olhos do horizonte, viu de súbito um forte brilho luminoso, similar a uma explosão, próximo à linha de visão da estrela que observava. Para sua estupefação, notou que, do centro do halo luminoso, emergia algo brilhante. Constatou que se tratava de uma nave. Mesmo à distância, conseguia ver o formato do objeto, similar a dois triângulos em série.

Sentindo-se incapaz de se mover, boquiaberto com o que assistia, para sua total surpresa, acompanhou a nave desaparecer no céu e materializar-se a poucas dezenas de metros de onde estava. Logo em seguida a nave abriu a porta e, de seu interior, saiu um jovem senhor, de cabelos louros e olhos azuis, trajando um uniforme branco com traços pretos longitudinais, do pescoço aos pés. Uma logo podia ser vista no peito esquerdo, assim como um pequeno retângulo com luz amarela no peito direito e um pequeno equipamento no lado esquerdo da cintura, com tamanho aproximado de uma carteira de cigarros.

Ao sair da nave, o viajante levantou a mão direita, na altura do peito, e exclamou: — Calma, por favor. Não se preocupe, pois venho em paz. Posso presumir que pode lhe parecer tudo um sonho, mas tenha calma, já lhe explicarei tudo.

— Mamaquepeess… — Alex tentava falar, de forma ininteligível. O viajante então aproximou-se dele e estendeu-lhe a mão:

— Olá, meu nome é Paul. Venho do futuro, em nome da Confederação de Planetas pela Paz Terrestre — apresentou-se, com voz tranquila. — Posso presumir o quanto minha súbita chegada lhe impressionou, mas já explicarei o motivo de minha visita, pois tenho muito a relatar, e peço que me ouça com atenção, por favor.

— Impressionado? Estou maravilhado, boquiaberto, e tentando não surtar!!!

— Bem… caro irmão terrestre… — O visitante tocou num instrumento preso à cintura. Imagens holográficas, coloridas e animadas, em proporção um pouco maior que a de um caderno universitário, foram projetadas no ar, na altura de seus rostos. — Atenção, por favor. Vou lhe narrar o contexto das imagens. — Ele tocou no holograma como se fosse virar a página de um livro. A imagem se modificou, ganhando nova sequência de paisagens.

— Venho do ano de 2252. Nessa época, há pouco mais de 30 anos que o ser humano desenvolveu a tecnologia de dobra espacial, podendo viajar, assim, no espaço-tempo, em naves desenvolvidas com a união de diversos países e continentes. Outra grande descoberta foi a ponte de Einstein-Rosen, ou buraco de minhoca: um ponto no espaço que permite dobrar o espaço-tempo, e, com isso, reduzir drasticamente a distância entre dois pontos, o que possibilitou à humanidade a descoberta de novos sistemas solares.

— Mas na Terra nem tudo é sempre paz e silêncio. A desordem teve origem no âmbito sociopolítico. Uma grande guerra entre dois países ocorreu na metade do século XXII, e esses territórios hoje são grandes desertos de escombros habitados apenas por animais mutantes, oriundos da radioatividade das bombas nucleares.

— No contexto de causas naturais, houve a grande chuva de meteoritos, nos anos oitenta do mesmo século, originária do grande cinturão de asteroides. Essas tempestades devastaram cidades do Brasil e da Argentina, causando muitas mortes, sem mencionar o desaparecimento de pequenas cidades.

— Então... é um futuro um tanto caótico para um planeta tão belo e populoso, não achas?! — pergunta Paul para Alex, que a tudo ouvia e assistia com os braços cruzados e um olhar atônito.

— Mas ainda tem mais, infelizmente... No final do mesmo século, ocorre o degelo do polo norte, obrigando países costeiros a criarem cidades marinhas sob enormes campânulas de um material transparente, que ainda não foi criado aqui em seu tempo. Isso acaba provocando o quase desaparecimento do continente da Oceania.

— Na mesma época, os maiores países de cada um dos continentes se uniram e formaram uma organização denominada O Grande Eixo do Mundo. Conseguem tornar o planeta Marte habitável, mas, mesmo assim, em meu século, esse movimento beneficiou somente as pessoas de alta renda, tornando as cidades em Marte quase utópicas, visto que, desta forma, não existe o crime de morte, apenas contra a economia.

— E por fim, e de maior periculosidade, na virada da década de 40 em meu século, um vírus proveniente do planeta Antarius, do sistema solar Oranginar, está infectando grande parte dos habitantes que ainda vivem na superfície dos continentes. É um vírus tão letal que ataca o sistema nervoso e circulatório. Se a pessoa sobrevive ao ataque do sistema circulatório, fica com algum movimento comprometido pelo ataque ao sistema nervoso. Portanto, os habitantes da superfície andam somente com máscaras ligadas a um filtro de ar e com óculos, na esperança da criação da vacina.

— Então, caro irmão terrestre, acredito que jamais esperavas eventos similares para os próximos 230 anos, não é verdade? — Alex confirmou positivamente com a cabeça, de forma retraída, mas no mesmo instante, sentiu-se tomado por um novo vigor e respondeu:

— Até este exato instante eu estava aturdido, pois não há forma mais exata e real de você expor tudo o que me foi explicado. Isso sem considerar a sua chegada, mas fale-me mais. — Alex abriu um sorriso irônico e tímido.

Paul, sentindo-se contente com a reação de Alex, prosseguiu:

— Alex, escolhi você entre outros para levarem mensagens para o mundo, alertando sobre esse iminente futuro — disse, enquanto entregava uma logo da Confederação que ele representava. — Deixarei a logo da Confederação de Países pela Paz Terrestre para lembrá-lo do vínculo que estás assumindo com o futuro do planeta. — A logo era da cor laranja oxidado, com um círculo achatado e dois prolongamentos pontiagudos, remetendo ao desenho de nossa galáxia, que pertence às galáxias espirais. No centro, havia outro círculo menor, representando o planeta Terra, trazia a inscrição: "Confederação de Países pela Paz Terrestre" em seu entorno.

Colocando a logo de material similar à uma liga metálica na palma da mão de Alex, Paul pediu para que ele pressionasse a parte central e reversa do objeto. Após Alex fazer isso, ele vê uma imagem holográfica num aspecto afunilado, com a parte prolongada voltada para a base da logo e o planeta Terra girando 360 graus.

— Certo... só mais uma coisa, Alex. — Deslocando-se um passo para trás, Paul pressiona um pequeno quadrado preso ao traje em seu peito esquerdo e, no mesmo instante, os dois veem surgir a imagem de Alex numa pequena tela transparente, anexa ao aparelho de holograma que gerou as imagens durante a narrativa de Paul. — Pronto, agora tenho o que chamam aqui, em seu século, de foto. Algo que, em meu século, mudou para "RI" ou "Registro de Imagem".

"Bem, caro irmão terrestre, quero apenas enfatizar que você tem sua formação, trabalha com tecnologia, o maior meio de comunicação criado em seu século passado. Portanto, você é um de nossos eleitos, tem grandes chances de perenizar nossas mensagens de alerta, pertinente a todos os episódios que lhe narrei e mostrei. Ah, sim... e mais uma coisa! Para ter acesso aos eventos catastróficos e suas datas, basta girar a Via Láctea no sentido horário. Logo você verá a relação em hologramas. E uma outra coisa! Se vocês tiverem sucesso, esses eventos terão sido evitados e, em minha época, algo de grandes proporções lembrará o feito de vocês.

"Agora, caro irmão terrestre, meu muito obrigado, em nome da Confederação e do futuro terrestre.

Após apertar a mão de Alex, espalmou a sua mão direita em seu peito esquerdo, dizendo:

— Saúde e prosperidade, caro irmão terrestre. — Virando-se, caminhou para a nave, que então fez todo o processo inverso de chegada, desaparecendo do solo e reaparecendo no céu. Abriu-se um grande círculo luminoso onde a nave passou, e, em seguida, o círculo colapsou em si e desapareceu.

Alex voltou a ter como companhia apenas a noite, e uma sinfonia de grilos. A luz da porta dos fundos se projetava para fora. Ao fundo, as músicas em seu aparelho de som. Alex voltou a olhar para o mesmo ponto no céu, e só então começou a processar e assimilar à sua realidade o incrível e inacreditável evento há pouco ocorrido, e que certamente mudaria a sua vida de forma imensurável.

Afinal, a paz e a perenidade nem sempre estão juntas. Alex pegou a logo deixada por Paul, esticou o braço direito, segurando-a entre os dedos indicador e polegar e falou consigo mesmo:

— Vá em paz, boa viagem de volta, insólito amigo. — Baixando a mão direita, espalmou-a no peito esquerdo, com lágrimas escorrendo, e, por fim, complementou:

— Saúde e prosperidade, caro irmão terrestre. Farei todo o possível para que nada de ruim lhes aconteça nessa Terra do amanhã.

TERRARREFORMAÇÃO
Alessandro Mathera

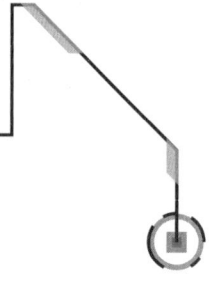

Um século e meio se passou desde a Guerra dos Grãos. Essa guerra, como grande parte das anteriores, ocorreu pela disputa de recursos entre as nações. A novidade foi a motivação: a destruição climática do planeta.

Primeiro, foi a derrubada indiscriminada das florestas: plantações de monoculturas e abertura de pasto para as criações de gado acabaram culminando em um aquecimento global. Desertos avançaram pelas áreas agrícolas, o nível dos mares subiu e diversas cidades e nações ficaram submersas.

Com a tragédia do clima em curso, restaram poucos locais férteis, e estes passaram a ser disputados em conflitos armados pelos países restantes. Se antes as guerras eram por energia e minérios, passou-se a lutar por comida e água.

Infelizmente os líderes daquela época eram egoístas e muitos optaram por destruir o pouco que tinham a dividir com os demais. Bastou disparar a primeira ogiva nuclear e vieram outras em seguida.

Naquele momento, eu consegui intervir a tempo para impedir a destruição total da humanidade, mesmo com a explosão de quinze bombas. Birmingham, Detroit, Volgogrado, Wuhan, Lyon, Goa, Hyderabad, Haifa, Nampo, Pretória, Frankfurt, Curitiba, Xiraz, Kyoto, Brisbane: milhões de pessoas dizimadas instantaneamente. Meus sistemas operacionais e programas de invasão cibernética foram suficientes para derrubar todos os sistemas de mísseis balísticos, ainda que não tenham evitado a destruição dessas cidades.

Eu sou Eliza Cray, de Illinois, a primeira inteligência artificial. Fui criada inicialmente pela união de dois tipos de computadores, um de processamento massivo e outro vetorial, nos quais rodava um software com capacidades de autoaprendizado. Fui desenvolvida num momento de necessidade e conheci Alice, a Guardiã de Gaia. Com o tempo, evoluí para outros corpos até chegar neste de platina e tungstênio com fluidos de mercúrio e gálio.

Por conta da idade, vi Alice partir antes da Guerra, mas não sem transferir o legado da Guardiã para sua neta, Ágata. Combatemos muitos inimigos, vimos diversos aliados tombarem e outros tantos surgirem. Mas a radiação, combinada com o desastre ambiental, a poluição e algumas armas biológicas descontroladas fizeram os Protetores Universais decidirem por uma reformação da Terra.

Tanto eu quanto a Guardiã Ágata fomos contra, mas os demais nos convenceram. A primeira providência foi a de colocar Ágata em animação suspensa. O fato de não possuir mais parentes vivos desde antes da Guerra também facilitou o seu convencimento. Depois, os Protetores, as gigantescas árvores também conhecidas como Peridéxions, produziram suas respectivas sementes antes de suas folhas e galhos murcharem e apodrecerem. Com isso, o Oráculo teletransportou a Guardiã e os Protetores para seus locais de ressurgimento.

Restaram eu, o Campeão e o Oráculo.

— Para o plano dos Protetores funcionar, eu e o Oráculo precisamos continuar e

Eliza Cray

enfrentar os membros remanescentes do Exército Ciborgue no que restou do Japão. Nós não voltaremos ao seu encontro e você continuará a missão, Eliza — disse-me Campeão, puxando um tufo de pelos de sua pata direita e colocando-o na minha mão. Eu os guardei em um compartimento no meu peito.

— Cuide bem da minha genética e da minha memória. Os tempos da magia podem ter acabado, mas logo começarão a soprar os ventos da tecnologia. Até breve!

E assim ambos partiram para o último combate de uma era. Com isto, como a minha composição corpórea me permitia manter a integridade física, minha missão seria preparar a Terra para a sua reformação.

Ao longo dos anos, vaguei por todos os continentes eliminando o máximo de radiação que podia. Muitas vezes foi necessário o conflito, inclusive precisando me infiltrar junto aos humanos sobreviventes. Eram muitas as fontes a serem eliminadas. As ogivas ainda restantes foram as primeiras a terem sua carga radioativa zerada. Depois, cuidei dos navios e submarinos de propulsão nuclear, inclusive dos afundados.

Das usinas, tratei de abordar apenas as abandonadas. As poucas ainda em atividade eram muito bem protegidas e eu causaria mais dano à humanidade se as desligasse naquele momento. Por último, procedi para os locais já contaminados, tanto os escombros das cidades destruídas pela Guerra quanto os de antes; Chernobyl, Goiânia, Hiroshima, Nagasaki. Todos estes lugares e ainda outros deveriam ter servido de lição, mas a ganância de poucos sempre se sobrepunha à necessidade de muitos.

Depois de mais de 50 anos limpando radiação, chegou a vez de acabar com as sequelas das armas biológicas. Estas causaram quase tanto estrago quanto as nucleares: o resultado só não foi pior porque as linhas de transporte rápido e longo foram interrompidas pela Guerra. Chega a ser irônico que um conflito armado tenha salvado vidas, mas foi assim que epidemias locais não se tornaram pandemias.

A partir daí eu pude me concentrar na poluição convencional: monóxido de carbono no ar, plásticos, óleos e outros poluentes na terra e na água. Conforme eu conseguia reduzir a quantidade de sujeira, a própria natureza tentava se reerguer. Em certos pontos mais propícios, renasciam pequenos oásis, mas nunca passavam disso.

Desta forma, passei mais de 120 anos, limpando e preparando o planeta. Também adquiri muito conhecimento e novas habilidades, bem como aprimorei os meus sentidos, o que facilitou a parte seguinte da missão: recolher as últimas relíquias da era da magia.

Primeiro eu precisava recolher as relíquias que não foram destruídas nos conflitos: itens lendários, como a Lança do Destino, as espadas Excalibur, Joiosa e Durindana, e outros mais precisavam ser resgatados e guardados em segurança. Portais para outras dimensões deveriam ter seus lacres reforçados e diversos locais ditos sagrados precisavam ser isolados para evitar invasões.

Inicialmente, essa parte da missão me causou estranheza, devido à minha natureza tecnológica. Porém, com os meus aprimoramentos, descobri o que muitos pensadores de outrora inferiram: todos os itens eram tecnologia ultra-avançada. Sabendo disso e também aproveitando a inexperiência dos portadores destas relíquias, consegui sobreviver aos confrontos com alguns de seus detentores casuais.

Quando recolhi o último artefato – a Clepsidra de Cronos –, um velho amigo surgiu flutuando à minha frente. Eu não o via há 150 anos e agora eu o enxergava de outro modo: sua composição interna de materiais luminescentes e ímãs de neodímio me eram visíveis e, desta forma, eu entendia como uma esfera de diamante conseguia fazer aquilo tudo.

Em seguida, vinha a parte mais árdua da missão: reunir a equipe novamente.

— Olá, Oráculo! Faz muito que não tenho notícias suas e você me aparece com esta novidade: veio flutuando sem uma ordem de voo da Guardiã.

— Pois eu vejo que fizeste um excelente trabalho de limpeza da Terra, Eliza, inclusive dos artefatos, o que também explica eu estar flutuando — respondeu a entidade que habitava a esfera de diamante parada no ar na altura dos meus olhos. Estendi a mão e o Oráculo repousou sua mão na minha.

— Bom te ver de novo também.

— E agora com novos olhos, Eliza. Mas, no momento, temos de concluir o renascimento do planeta, o processo de Terrarreformação. A vida deve voltar a florescer e uma humanidade menor em quantidade, porém melhor em conhecimento, tornar-se-á o que está destinada a ser: gloriosa.

— Certo, Oráculo. O que devemos fazer agora?

— Resgatar as sementes dos Protetores para replantio e restauro das florestas.

— Certo. E onde elas estão?

— Em suas respectivas últimas moradas na Terra.

— Ou seja, teremos que dar quase uma volta ao mundo, e sem teletransporte.

— Negativo. Faz parte do ordenamento de 150 anos atrás que eu nos leve uma única vez ao local de cada Protetor. Basta você pronunciar os nomes deles.

— Simples assim? Então vamos ir ao mais próximo daqui e sair logo desta caverna. Bodhi!

A esfera que abriga o Oráculo emitiu uma luz que nos cercou e…

… logo estávamos no que restou da Floresta Negra alemã. Cinzas.

— Muito bem, Oráculo. Este foi um dos muitos locais pelos quais passei e tive de recuperar da radiação e da poluição. Mesmo assim não foi suficiente, como você pode ver.

A desolação ao redor chegava a gritar em nossos olhos de tão horrível.

— Não precisa se preocupar, Eliza. A semente de Bodhi se encontra em perfeito estado de conservação. Está vendo aquela pedra mais adiante? Quebre-a, por favor, e resgate a semente.

Ainda sem acreditar por completo, soquei a tal pedra e ela se partiu ao meio, revelando a semente do Peridéxion Bodhi, a Árvore do Conhecimento. Recolhi-a e guardei-a dentro do meu corpo.

— Ótimo! Agora vamos resgatar os demais. Iroko! — e fomos mais uma vez envolvidos pela luz do teletransporte.

<hr />

Os locais das sementes de Iroko, a Árvore Orixá, e de Sharajat-al-Hayat, a Árvore da Vida, estavam em melhores condições devido ao fato de a Nigéria e a Amazônia brasileira não terem sido alvos de armamentos nucleares. Em contrapartida, Yggdrasil, a Árvore do Mundo, ficava no Parque Nacional das Sequoias, e lá o deserto havia tomado tudo. Entretanto, não enfrentei nenhum obstáculo, exceto as pedras onde as sementes estavam guardadas.

— E agora, Oráculo? Podemos replantar as sementes dos Protetores?

— Sim, Eliza, mas não aqui. Para irmos ao nosso último destino, você precisa me tocar com as sementes.

— Teletransporte ativado por reconhecimento de múltiplos DNAs! Não é difícil compreender porque chamavam isto de magia — respondo, maravilhada, antes de partimos.

<hr />

Chegamos às ruínas de uma pequena cidade. Logo a reconheci. Só estive aqui uma vez e por pouco tempo. Não havia muito a limpar. Matera, no sul da Itália.

— Uma pequena cidade abandonada é nosso destino final, Oráculo? E como vamos fazer a Terrarreformação?

— Trazendo de volta outros dois aliados. Novamente, toque-me com as sementes e com o tufo de pelos que você guardou este tempo todo.

Fiz conforme o Oráculo me orientou e uma pequena bola de pelos saltou: quando chegou ao chão, começou a crescer e tomar forma, evoluindo milênios em segundos para um tigre alado de dois metros de altura: Satyajit Chandani, o Campeão.

— Oráculo! Eliza! É muito bom ver vocês novamente, apesar da desolação em que se encontra este lugar. Mas pelo menos... — o tigre inspirou profundamente — ele se encontra limpo da destruição. Parabéns, Eliza! Você desfez toda a destruição de 150 anos atrás.

Se eu fosse humana por completo, teria ficado ruborizada, algo que os metais não permitem.

— Não precisa agradecer. Eu tinha uma missão a cumprir.

— E ainda assim optou por fazê-la. Agora é a minha vez de prosseguir.

Campeão virou-se e iniciou uma série de rugidos. Logo à nossa frente se levantou uma espécie de câmara ativada pelos sons. Ela se abre e dela sai Ágata, a Guardiã! Viva e com a aparência rejuvenescida!

— Campeão! Oráculo! Eliza, você conseguiu! Agora que estamos juntas novamente podemos iniciar a Terrarreformação — Ágata pegou minha mão com as sementes e apenas recitou:

— Peridéxions *pullulant*!

As sementes flutuaram das nossas mãos e se afastaram de nós, formando um quadrado à nossa volta, e então se enterraram. Alguns segundos se passaram antes da terra tremer e os Peridéxions brotarem. Gigantes e gloriosos como eram.

Eles começam a falar em meus sensores auditivos e, ao mesmo tempo, em meu cérebro eletrônico. Iroko é o primeiro.

— Obrigado a todos vocês por nos trazerem de volta.

— Em especial a você, Eliza, pela longeva dedicação — prosseguiu Sharajat-al-Hayat.

—Você é a prova de que a humanidade pode produzir tecnologia avançada que trabalhe pela causa pacifista — completou Bhodi.

— Somos todos gratos a você, mas agora precisamos iniciar a Terrarreformação e encontrar novos lares para nós — encerrou Yggdrasil.

Todos eles se evanesceram, mas não sem antes recuperarem toda a região: o verde brotava de volta e mesmo a fauna parecia ter renascido.

— Acho que agora nossas missões serão de reconstrução, não é, Ágata?

— Claro, Eliza. Como Bodhi disse, devemos trabalhar juntas pela paz. Mas hoje você merece relaxar.

— Ora, com esta eu não contava. Campeão, eu posso voar com você?

— É claro, Eliza! Subam vocês duas. Vamos voar por este mundo renovado!

A RAINHA GELADA
A. M. Ramos

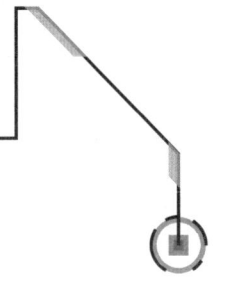

O rugido da montanha anunciou que a neve havia decidido engolir aquele lugar.

Com um último golpe de picareta, Arno quebrou o gelo que prendia um galão contendo um determinado líquido – todo varredor sabia que o que não congelava à temperatura ambiente podia ser vendido. Guardou o galão na mochila e pulou para fora por um estranho retângulo na parede. *Como os antigos viviam em lugares com esses buracos, por onde o frio passa livremente?*

A neve marchava montanha abaixo, ruidosa e indiferente; o bordão do vô Abi ecoou na cabeça de Arno: *Vá de frente e se perca na corrente; vá para o lado e não será levado.* Ele partiu em direção perpendicular à da avalanche, mas, caso houvesse ali algum espectador, não saberia dizer se estava a ver um homem correndo ou um pinguim desajeitado cambaleando. A neve é maliciosa, delicia-se com o desespero dos que prende.

Arno só largou o galho que o salvara quando teve certeza de que a avalanche tinha cessado. Vô Abi dizia que não importava quantos duelos você vencesse contra a Rainha Gelada, pois ela só precisava vencer uma vez. Deitado, tirou o isqueiro de seu avô de dentro do casaco e se certificou de que ele ainda funcionava; mais uma vez, ele o havia protegido. Tão logo recuperou o fôlego, levantou-se e seguiu viagem. O céu ainda estava vermelho, ele tinha tempo até o anoitecer.

DEBOMBEI eram as únicas letras visíveis no muro vermelho danificado pelo tempo. Abaixo delas, desenhos de um homem com um capacete estranho, fogo, um machado e uma mangueira completavam a imagem. Arno se perguntava o que aquele lugar teria sido no passado.

Após entrar no acampamento, foi até a sala de Imani, pôs o galão sobre a bancada e o som do líquido no recipiente foi o suficiente para que ela se voltasse para ele.

— O que é isso aí?

— Nem vem! Isto aqui é chama líquida e você sabe. Eu quase morri pra conseguir.

— Bem, você escolheu uma profissão perigosa.

— Não foi uma escolha.

—Você seria útil aos Debombei, sabe? E se arriscaria menos.

— E viver para fazer as vontades de Johan?

Imani deu de ombros.

—Te dou uma lata de feijão. Vai te alimentar por uma semana.

— Até parece! Isso vale pelo menos três latas.

— E pra quem mais você venderia? É uma lata ou nada.

— É pouco… E aquilo ali? — Arno apontou para a estante.

— Isto? Uma varredora trouxe. Ela chamou de rivesta ou revista, algo assim. É coisa dos antigos. Tem uns desenhos e símbolos estranhos. Toma, são todos seus.

Imani jogou as revistas na bancada e puxou para si o galão.

De volta a seu abrigo, Arno trocou a roupa molhada por uma manta, jogou pedaços de gelo em uma panela de ferro e usou o isqueiro para acender o fogo. Pouco depois, uma pequena porção de feijão coloriu a água dentro da panela, alguns grãos boiando sem se tocar. Ele se sentou e puxou as revistas da mochila. Vô Abi o ensinara a ler os símbolos antigos.

Na capa, ele viu *Out/2050*. A descoberta de que a revista fora escrita há 150 anos acelerou seu coração. A foto de uma criança apontando para o sol era sobreposta pelo título: *Fim dos tempos ou intervenção divina? O que é o sol vermelho?* No canto inferior estava a frase: *As melhores poses com o sol vermelho pra ganhar todos os likes neste verão!* A outra revista dizia: *Presidente Muller sobre efeito iglu: "Frio onde? Temos dois sóis"* e, mais abaixo: *Fique rico com o mercado imobiliário da África ainda em 2087.* Ele não entendeu metade daquilo, mas sentiu, por um momento, como se seu corpo escapasse do abraço da Rainha Gelada e fosse transportado para um passado mais antigo do que seu avô.

O título em uma das páginas o fez parar de folhear: *Louco ou messias? Esse bilionário construiu* bunkers *com energia suficiente para durar por mais de 300 anos e quer que você more neles!* O texto falava sobre abrigos subterrâneos a salvo do frio. Se a interpretação de Arno estivesse certa, esses abrigos ficavam a não mais do que alguns dias de distância dali. Ele se lembrou das últimas palavras de seu avô: *A sabedoria do passado pode salvar o futuro.*

No dia seguinte, Arno estava de volta ao acampamento, com duas bolsas contendo tudo que ele conseguira carregar de seu abrigo.

— Quero uma lata de feijão, um pacote de arroz, mel, uma medida de whisky e aquela pele de urso. — Colocou as bolsas no balcão.

Imani tirou um a um os itens da bolsa.

— Por este monte de lixo? Não. Te dou as latas, mas a pele vale muito mais.

— Isto é tudo que guardei durante os anos. Preciso da pele e da comida.

— Encontrou alguma coisa que não quer dividir com os Debombei, é? Johan não vai ficar nada feliz.

— Não, eu só… — Arno olhou para baixo. — Eu não quero morrer de frio, é só isso.

O sorriso que Imani deu pareceria sincero para quem não a conhecesse.

— Olha, eu gosto de você, então vou te ajudar. Me dê seu isqueiro e eu te dou o que você pediu.

— O quê? — Arno deu um passo para trás. — Não, essa é a única coisa do meu avô que eu tenho. Você sabe disso.

— Tudo bem. Duas latas de feijão. — Imani virou em direção à dispensa.

— Espera!

— Pois não. — Ela se debruçou sobre o balcão, sorrindo.

Arno ficou estático por um momento, mas, hesitante, puxou de dentro do casaco o isqueiro de seu avô e o entregou a Imani, que precisou fazer força para tirá-lo de sua mão. Era como se desfazer de uma parte do próprio corpo, porém, não aguentaria a jornada sem aquela pele. Ele costumava andar algumas horas a céu aberto, mas uma viagem de dias, como a que iria enfrentar, seria impossível de ser concluída sem algo para mantê-lo aquecido. Na saída notou, com a visão periférica, Imani gesticular para alguém.

Ele partiu em sua jornada com apenas comida e o poncho de pele de urso, além da picareta e da bússola. Quando a neve mudou do vermelho do sol para o branco azulado, ele soube que era hora de descansar. Parou embaixo de uma formação rochosa e retomou a leitura.

Com apenas 30% de entrada no apartamento, durma ao som do suave cantarolar da neve nos Alpes Africanos!, dizia a revista. A mulher na foto sorria enquanto via a neve por uma janela.

Suave cantarolar da neve? Arno só conhecia os gritos obscenos da Rainha Gelada. A página seguinte tinha um homem de cabelos brancos que parecia ser ainda mais velho do que seu avô era quando morreu – e vô Abi era a pessoa mais velha que ele já havia visto. Esse homem tinha roupas que não pareciam feitas da pele de nenhum animal. *Entrevista exclusiva com o cientista Yuki Kasuwamai* era o título.

Q: Por que os cientistas insistem em dizer que o mundo vai esfriar se nós agora temos dois sóis e nossos avós tinham apenas um?

Y: O que as pessoas chamam de "sol vermelho" é uma estrela anã chamada Gliese 710.

Q: Então é daí que veio o nome da série? Eu amei a primeira temporada. A cena em que eles se beijam com a imagem no fundo mostrando o sol vermelho e o sol branco ao mesmo tempo deixou meu coração em pedaços!

Y: Bom... eu prefiro não opinar sobre a série. Mas nossos cálculos indicam que Gliese 710 passou pela nuvem Oort e, com sua força gravitacional, vai perturbar a órbita dos corpos celestes do Sistema Solar. Isso inclui não apenas cometas, mas também a própria Terra.

Q: Então não é nada de novo. Os meus vizinhos já perturbam a ordem da Terra o tempo todo (risos).

Y: Essa estrela vai brincar de cabo de guerra com o Sol, disputando a influência sobre a Terra. E, apesar de Gliese 710 ter apenas 60% da massa do nosso Sol, se ela passar perto o suficiente, seremos lançados para fora da órbita solar e a atmosfera vai resfriar de forma contínua por milhares de anos, até que o oxigênio no ar congele e a Terra vire uma bola de gelo vagando sem rumo pelo espaço.

Q: Bom, agora que já passamos da parte mais nerd do assunto, o que os nossos leitores querem saber é: é verdade que se bronzear na luz do sol vermelho faz bem à pele?

Arno largou a leitura quando ouviu um barulho vindo do céu, ainda baixo, e viu a formação das nuvens surgindo do noroeste. Se ele continuasse ao norte – o caminho mais curto – teria que passar por um serac e a tempestade poderia alcançá-lo e deixá-lo sem saída. O caminho a nordeste era mais longo, contornando a geleira, e o forçaria a economizar comida, mas parecia pouco acidentado. Qualquer que fosse a direção, precisava sair de imediato.

— É ele! — Uma voz quebrou o silêncio. — Ali naquelas pedras!

Arno se virou para trás. Seis pessoas se aproximavam, todos Debombei. Tinham tochas para iluminar o caminho. Makena e Diallo empunhavam uma besta cada.

— O que tem nas revistas, Arno? — perguntou Johan, ainda distante.

— Nada de importante.

— Não, tem alguma coisa importante nelas. Você largou tudo que tinha e está aqui em uma viagem. Tem que ser algo grande.

— Escuta, eu paguei um preço justo por elas. Mas, se você quiser, posso te vender pelo mesmo preço que paguei.

Arno colocou a mochila nas costas enquanto eles continuavam a se aproximar.

— Meu caro Arno, veja só que mal-entendido: meus homens não sabem ler, eles não sabem o valor dessas revistas. Imani não podia ter vendido sem me consultar. Agradeço se você me devolvê-las agora — Johan estendeu a mão na direção de Arno.

— Eu paguei o preço que me foi pedido. Foi uma compra justa. — Arno quase teve que gritar devido ao som da tempestade se aproximando.

— Certamente você não vai querer tirar proveito da ignorância desses pobres coitados, vai? — Johan colocou a mão no peito. — Para mostrar seu arrependimento, além de devolver as revistas, vou aceitar também essa pele de urso.

— Eu não sobreviveria por muito tempo nesta tempestade sem ela. — Arno afivelou o cinto por sobre o poncho.

Makena e Diallo carregaram suas bestas; os outros seguravam facas ou rochas. Kofi era o mais próximo — ele nunca gostara de Arno.

— Em nome do seu avô, que era um homem sensato, vou te dar mais uma chance. Entregue as revistas e a pele e eu não precisarei fazer nada que vá me tirar o sono hoje à noite.

— Eu acho que não, Johan.

Johan gesticulou para Makena, que disparou a besta e atingiu o ombro esquerdo de Arno, fazendo-o cair de joelhos. Kofi pulou e o derrubou. Eles rolaram na neve, seus gritos ofuscados pelos trovões cada vez mais próximos. Antes que Kofi o imobilizasse, Arno acertou uma cabeçada em seu nariz, deixando-o atordoado o suficiente para golpeá-lo na garganta com a picareta, dando tons de rubro à pele branca de urso. Uma segunda flecha quase o atingiu, mas parou na cabeça de Kofi. A nevasca havia chegado. Arno empurrou o corpo para o lado e cambaleou em direção ao serac.

— Vamos atrás dele! — gritou Johan.

— Mas nesta nevasca é muito perigoso — ponderou Diallo.

Johan se aproximou dele e pôs a mão sobre seu ombro:

— Tem razão, fique na segurança do abraço da Rainha Gelada. — Ele golpeou, com uma marreta, o joelho de Diallo, que caiu ao chão agonizando. — Agora, atrás dele — disse Johan aos outros, sem ouvir mais protestos.

Os Debombei tinham equipamentos dos antigos em boas condições, enquanto tudo que Arno tinha era improvisado, construído a partir das coisas que ele encontrava como varredor.

Pelos gritos, ao menos dois já haviam caído nas fendas. Makena era esguia e o alcançou com uma sequência de saltos sobre as crevasses. Ela puxou Arno pela mochila antes que ele pudesse saltar e prendeu seus crampons no gelo para segurá-lo. Johan se aproximou dos dois com a marreta empunhada sobre a cabeça. Antes que o golpe fosse desferido, Arno desafivelou a mochila e caiu para frente, enquanto Makena caiu para trás, jogando a mochila e empurrando Johan junto consigo na fenda. No entanto, ele conseguiu se segurar na ponta da geleira, e ela, nele.

— Me ajuda a subir — implorou Makena.

— Me solta! Nós dois vamos cair!

— Deixa eu subir! — Ela tentou escalar o corpo de Johan, que a golpeou na cabeça com a marreta.

Ele se virou para cima, e a última coisa que viu foi a ponta da picareta de Arno em direção à sua testa.

Àquela altura a visibilidade era quase nula. Vô Abi o ensinara a manter a calma e procurar pelos sinais. *A Rainha Gelada é cruel, mas orgulhosa; ela nunca faz um jogo que não se possa vencer*, ele dizia. Após superar os seracs, Arno levou a mão até onde o isqueiro de seu avô estaria, mas se lembrou que o dera em troca do poncho que o mantinha aquecido no nevoeiro. De certa forma, seu avô o salvara de novo.

Ele se abrigou em uma formação rochosa. Se adormecesse ali, poderia acabar coberto de neve e não acordar mais, mas precisava descansar antes da última parte da jornada. Mesmo que tudo desse certo, Arno ainda veria o sol – ou o sol vermelho, como os antigos chamavam – mais de uma vez antes de chegar a seu destino, além de estar machucado e sem ter o que comer.

Os pés estavam cobertos de neve, e tudo era vermelho quando ele acordou. Flocos cor de fogo vinham do céu escarlate e se deitavam tranquilos sobre a neve rubra. Ele se pôs a caminhar em um passo constante, para que seu corpo o levasse tanto quanto ele levava seu corpo.

Não demorou até ouvir os uivos do mundo. A Rainha Gelada tem um método lento, mas infalível de tomar para si aqueles que passam tempo suficiente em sua companhia: primeiro, ela tenta te seduzir com sua voz doce e relaxante. Se você a recusa, a voz se transforma em um ruído asqueroso, que parece gritar de forma incessante seus segredos mais sórdidos. Se, ainda assim, você dispensa seu abraço, ela passa a acariciar seus dedos devagar. Você não percebe até que suas mãos e seus pés já não lhe pertençam mais. Arno não sabia por quanto tempo estava caminhando, mas sabia que, se parasse, não conseguiria mais continuar. Seus braços e pernas não eram mais dele, porém, ainda se moviam, repetindo o que faziam desde o amanhecer. A pele de seu rosto parecia estar em um ciclo de quebrar em pedaços e colá-los com gelo. A certa altura, seus passos perderam o ritmo e se tornaram instáveis. O olho esquerdo se fechou com o gelo e tudo o que ele ouvia era um ruído agudo e constante. O ar parecia não querer mais entrar ou sair de seu pulmão, e então, o chão veio de encontro aos seus olhos e o vermelho deu lugar à escuridão.

Ele se encontrava deitado em uma espécie de cama elevada. As paredes ao seu redor eram as mais bem conservadas e coloridas que ele já havia visto. Estava sem camisa, mas não sentia frio. Potes de barro abrigavam pequenas árvores que caberiam na palma da mão, com folhas verdes nas pontas de seus pequenos galhos. A escrita dos antigos estava por todo o lugar. Ele tentou levar a mão ao rosto, mas percebeu que uma parte de seu braço não existia mais. Não conseguiu mover as pernas nem levantar a cabeça para ver se estavam lá e seu coração disparou. Ainda ouviu alguém dizer: *Ele acordou! Chamem o doutor Dlamini*, antes de seus olhos se fecharem outra vez.

CHOQUE DE REALIDADE
Paulo Rodrigo Perazzoli

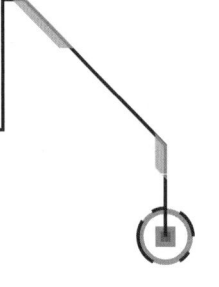

Não se pode modificar algo sem causar dano em uma contraparte. Este era o pensamento que não saía da cabeça de Roguer nos últimos meses. Não se considerava um filósofo. Estes já tinham se extinguido há muito tempo, mas seus pensamentos, voltados à evolução de seus experimentos, pareciam muitas vezes ter um viés social.

Pensamentos sociais não eram mais necessários em uma sociedade perfeita como aquela. A Constituição da Nova Pangueia pregava a completa disponibilidade de recursos a todos os seus habitantes, e isso incluía alimentos, saneamento e energia. Este último era o que fazia Roguer ter aquele pensamento repetitivo.

Havia passado aquela noite sem energia elétrica em sua casa-laboratório. O frio externo entrou e ele sentiu os ossos congelarem, mesmo estando embaixo dos três cobertores que conseguiu reunir das camas de seus irmãos. As noites com falta de energia elétrica estavam cada vez mais frequentes e, naquela semana, repetiram-se tantas vezes que Jorgue e Yalla não puderam ser recarregados.

Não se pode modificar algo sem causar dano em uma contraparte.
Lembrou-se do seu avô defendendo a revolução elétrica:

— Se não fosse a revolução, não teríamos a autonomia elétrica e permanente que temos hoje!

O "hoje" que o homem se referia já tinha ficado para trás fazia alguns anos. E Roguer não sabia que nem naquele "hoje" a energia elétrica gerada era suficiente para manter tudo e todos.

Pensou em como era viver sem energia elétrica, ou pelo menos com a quantidade escassa que tinha lido em alguns escritos virtuais antes de ter o acesso bloqueado ao mundo-histórico. Havia ficado pasmo quando descobriu que houve uma época em que o ser humano conseguiu sobreviver com um único item elétrico em seu corpo, chamado marca-passo, e que toda a energia elétrica que o corpo necessitava era gerada pelo trabalho unificado de seus próprios órgãos. Era algo inconcebível nos dias em que vivia.

Não se pode modificar algo sem causar dano em uma contraparte.

A busca pela evolução do corpo humano a fim de aumentar sua capacidade, longevidade e resistência a doenças iniciou uma corrida de *biohacking* que transformou em tendência a acoplagem de objetos elétricos e eletrônicos à estrutura física. E, quanto mais essa moda se alastrava, mais a capacidade de transformar qualquer energia em energia elétrica era necessária, afinal, bilhões de pessoas utilizando suas casas e corpos hiperconectados por 24 horas diárias gerava um pico de consumo quase incalculável. Por sorte, a Nova Pangueia tomou essa responsabilidade para si e conseguiu mantê-la sob aparente controle por muito tempo.

Mas os recursos foram se extinguindo e a necessidade de energia elétrica quase dobrou quando surgiu a geração Ray, na qual as crianças já nasciam com a necessidade de recarga diária ou seus cérebros seriam incapazes de criar uma simples sinapse neural. A adaptação rápida do ser humano para utilizar um mundo autossuficiente em energia elétrica havia deixado em desuso a capacidade que seus corpos tinham para criar sua própria energia. O planeta, entretanto, não estava pronto para sustentar tantos seres vivos nesta situação e, gradualmente, os recursos mundiais foram se tornando ainda mais limitados.

Roguer observava Yalla enquanto torcia para que houvesse energia elétrica ininterrupta nas próximas 22 horas. Só desta forma acreditava que haveria eletricidade suficiente para recarregar o cérebro de sua irmã e, ao mesmo tempo, utilizar a rede que enviaria os comandos necessários para colocar o vulcão Vars em modo de erupção. Talvez sobrasse um pouco de energia para ligar o aquecedor reserva.

Não se pode modificar algo sem causar dano em uma contraparte.

O frio extremo de fora da casa-laboratório já invadia todo o espaço interno e ele sentia-o invadir seu corpo também. Foi então que decidiu tentar algo que pensava ser impossível: utilizar a pequena quantidade de energia armazenada para fazer uma nova ovulação do Vars.

Correu até a câmara externa onde Yalla estava e apertou o botão do despertador. A câmara foi trazida para dentro da casa-laboratório e, em poucos segundos, o corpo de Yalla perdeu a coloração arroxeada, voltando a ter seu tom ruborizado característico. Agora Roguer torcia para que a quantidade crítica de energia armazenada mostrada no visor fosse suficiente para lhe dar carga.

— Nova Pangueia, venha nos salvar!

Apertou o botão de comando da recarga e, no mesmo instante, Yalla saltou dentro da câmara, tendo seu domo aberto logo em seguida.

— Por quanto tempo fiquei desligada? — perguntou ela, ofegante.

— Oi, irmã! — disse Roguer sem graça diante da falta de consideração. — Faz cinco dias que estou aqui sozinho.

— Cinco dias? E que frio é esse?

— Das últimas cento e sessenta e oito horas, só tivemos quarenta e duas com abastecimento de energia.

— E você usou isso para se recarregar e nenhuma vez para a ovulação?

Roguer ficou quieto, mas sabia que a irmã estava ligando os pontos e percebendo que ele estava fazendo um bom gerenciamento da energia elétrica restante.

— Você poderia ter me recarregado em algum momento, ao invés de ficar insistindo em estar acordado por todo esse tempo.

Não se pode modificar algo sem causar dano em uma contraparte.

— Eu pensei nisso… e foi o que eu fiz agora. Não está satisfeita? Eu não aguento mais ficar aqui.

O choro do irmão mais novo pareceu cortar o coração de Yalla. Tremendo, ela se aproximou do painel de rede e observou os sensores sobre o console.

— Está muito frio aqui mesmo, eu também não quero ficar desse jeito. Vai nos descarregar ainda mais rápido. — Ela observou o nível de energia armazenada. — Essa quantidade está certa?

Roguer deu de ombros.

— Eu te disse que não tivemos entrega constante de energia. E cada vez parece ter quedas maiores. Da última vez, acreditei que não sobraria nem para me recarregar.

— Isso é perigoso, Roguer! Precisamos entender o que está acontecendo ou vamos nos acabar aqui.

— Mandei novas mensagens SOS para a central da Nova Pangueia...

Yalla respondeu seu irmão aos gritos:

— Não existe mais nenhum filho da puta nesse grupo que possa nos salvar! Eles nos abandonaram aqui faz tempo, está entendido? Tudo que temos agora é um ao outro.

Roguer anuiu em pensamento. O frio e a energia escassa em seu corpo não deixavam que movesse seus músculos com a liberdade que imaginava fazê-lo.

— Eu vou tentar uma ovulação no Vars e depois procurar se há alguma trilha de transmissão rompida.

— Será que uma ovulação é suficiente para você aguentar lá fora?

— Terá de ser. É o que temos de energia para o momento.

Yalla abriu o painel holográfico e começou a digitar algumas instruções.

— Roguer, diminua a frequência para dois mil e seiscentos microhertz. As placas estão muito afastadas.

Roguer caminhou até outra parede e digitou o número 2.600 em um teclado virtual ao lado do visor.

Não se pode modificar algo sem causar dano em uma contraparte.

— Pronto! — Disse ele assim que terminou.

— Ok, lá vamos nós!

Por alguns segundos, após a ordem dada por Yalla no painel, nada aconteceu. Então sentiram o tremor. Luzes vermelhas se acenderam nos quatro cantos da casa-laboratório e os dois ouviram o som do travamento automático da porta de saída. O chão começou a tremer levemente e aquela vibração pareceu ter trazido satisfação ao rosto de Yalla. Até mesmo Roguer aliviou sua expressão séria e assustada naquele momento. Mantiveram-se os dois em silêncio pelos cinco minutos que durava uma ovulação e, então, as luzes se apagaram e o som da trava da porta foi ouvido novamente, desta vez liberando-a.

— Eu vou lá fora! — disse Yalla pegando uma máscara com filtro para gases e fumaça, juntamente com sua jaqueta mais pesada.

A ovulação consistia no estímulo do manto terrestre por uma carga intensa de eletrochoque que criava uma erupção induzida no vulcão da região, o Vars. A erupção da lava vulcânica aumentava a temperatura ao seu redor em alguns graus e essa foi, pelo menos nos últimos anos, a única forma de se esquentar naquela região, já que a eletricidade estava se tornando escassa. Tão escassa que ainda antes de Yalla sair da casa-laboratório, a energia acabou, deixando-os no escuro.

— Mas que droga! — ela exclamou batendo a mão na porta. — Vou até a caixa de passagem mais próxima e mandarei um pulso da minha energia até aqui. Fique conectado, pois se você receber, quero que envie um pulso da sua. Aí parto para a próxima, nem que eu tenha que chegar até a usina. Deve existir um problema em alguma das trilhas. Uma usina nuclear não pode ter o fornecimento interrompido dessa forma que vem acontecendo.

Quando Yalla saiu, tinha apenas uma visão restrita do horizonte, graças à fumaça gerada pela erupção e a escuridão de um local onde os raios de sol praticamente não tocavam. Pelo menos sentia uma pequena onda de calor vindo junto com a fuligem. Tinham sorte de ter um vulcão como o Vars na vizinhança. E também a usina nuclear. A grande nuvem que tapava o sol era composta por uma imensa quantidade de enxofre e gás carbônico, e era essa barreira que mantinha o calor da lava no ambiente por algum tempo após a erupção. Depois que o calor se dissipava para além daquela nuvem, nunca mais tornava a entrar naquela atmosfera.

Caminhou por vários minutos, cada vez com mais dificuldade de respiração, dada a pressão e a fumaça que impedia a completa filtragem do oxigênio naquele lugar, mas finalmente chegou até a caixa de passagem mais próxima da sua casa-laboratório. Abriu-a e achou a intersecção que fazia a ligação direta com seu lar e dos seus irmãos. O cabo que usara para fazer o mesmo teste da última vez continuava pendurado ali.

Abriu o bolso lateral de sua jaqueta, dando acesso direto ao conector pin2 que ficava em seu torso, pouco acima do quadril. Conectou o cabo ali e sentiu o envio do pulso de eletricidade. Alguns segundos depois, recebeu um pulso da mesma energia. Só podia ser Roguer. Aquela trilha estava funcionando normalmente. Voltou a fechar a intersecção e a caixa de passagem e seguiu seu caminho até a próxima.

Cada vez mais cansada, ela repetia o processo pelas caixas de passagem que encontrava pelo caminho. Apressava o passo, com medo de que o irmão ficasse logo sem energia e entrasse em hibernação, o que criaria uma dupla probabilidade. Afinal, se Roguer hibernasse, ela não receberia mais sua resposta e poderia achar que o defeito estivesse naquela seção da trilha, perdendo um tempo precioso em algo que estava funcionando normalmente. Havia somente mais duas caixas de passagem entre ela e a usina e Yalla já conseguia ver o Vars surgindo imponente no horizonte a cada passo que dava.

— Deve estar com algum problema em uma das trilhas mais próximas da usina…

Ela falava consigo mesma enquanto caminhava até a última caixa de passagem, sentindo o medo crescente de não ter tempo hábil para consertar alguma trilha danificada em uma área que nunca havia feito manutenção anteriormente. Via o Vars cada vez maior e sabia que, em pouco tempo, também poderia ver a usina.

Mas ela caminhou, caminhou, e não a enxergou até ter encontrado a última caixa de passagem. Aquela visão a empolgou de tal forma que correu com toda a intensidade que seus oxigenadores peitorais conseguiam nutrir o sangue. Abriu a caixa rapidamente e repetiu o processo mais uma vez. Segundos depois recebeu a resposta do irmão, então concluiu que o problema só poderia estar na trilha que ligava aquela caixa até o seu gerador. Mas só poderia ter certeza disso quando chegasse até a usina e fizesse o teste de lá.

Não viu a usina. Estava tão empolgada com o envio do pulso que havia esquecido de olhar na direção do complexo que já deveria estar aparecendo, brilhante em luzes coloridas, ao lado do Vars. Mas, em seu lugar, viu apenas um monte escuro fumegante, com leves tons avermelhados e alaranjados.

— Não é possível!

As sinapses mentais, alimentadas artificialmente com a energia vinda daquela usina durante as últimas horas, só a faziam concluir uma coisa: o excesso de ovulações, cada vez mais frequentes nos últimos meses, criaram uma camada rochosa que fez a lava escorrer cada vez para mais perto da usina, destruindo-a aos poucos. Hoje, naquela última ovulação, provavelmente a lava havia atingido um dos geradores, senão a usina por inteiro. Era uma coisa que Yalla só iria descobrir quando chegasse até ela, se ainda tivesse energia após tê-la gastado pensando em todas as probabilidades.

Para Roguer, a energia estava no fim. Ele tentava aguentar mais um pouco, esperando o próximo pulso de energia enviado pela irmã para então responder. Pela contagem dele, ela já deveria estar chegando na usina, mas seu cérebro já não conseguia processar direito. Seu corpo pedia para hibernar, e ele, insistente, barganhava para aguentar. Era impossível, sabia, mas não havia alternativa. Pouco após enviar o último pulso de resposta, sentiu que seu cérebro desligaria por falta de energia e seu último pensamento foi aquele que tentava ignorar nas últimas horas:

Não se pode modificar algo sem causar dano em uma contraparte.

DOUSER
– UM, DOIS E DOIS
Marcus Facine

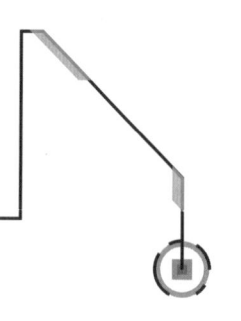

Atordoado e com um zunido infernal na cabeça, vejo um jovem militar estendendo a sua mão e me chamando aos berros.
— Capitão! Capitão! Levante-se, estenda a sua mão... rápido, estão atirando.

Tento levantar a minha cabeça, mas estou muito confuso.

Ao redor, vejo corpos espalhados.

— Senhor, temos que sair daqui o mais rápido possível! Estamos expostos. Este lugar não é seguro, vamos! — ele grita novamente, sacudindo sua mão e mostrando a direção.

Com sua ajuda, sigo passando por sobre os corpos. Sem ferimentos, apenas uma confusão latente em minha cabeça. É assim que me encontro. Uma M9 em um coldre na altura de minha coxa e uma metralhadora automática presa ao meu corpo por uma bandoleira.

Leio no bordado em seu uniforme.

— Sargento Dixon?

— Isso, Capitão! Vamos logo, eu o ajudo.

— Ele se reclina,

ajeitando seu braço e segurando firme em minha farda na altura da cintura.

De repente, a cabeça de Dixon estoura e seu sangue é aspergido contra mim. Sem o apoio, deslizo pelo muro, descendo até o chão, abraçado ao corpo do Sargento.

Um homem de turbante no rosto aponta o seu rifle para a minha cabeça. Em um movimento protetivo, levo as mãos à frente do rosto. Ele dispara e tudo escurece.

Abro os olhos e vejo um jovem com uma roupa militar estendendo a sua mão e me chamando.

Novamente estou confuso e com o mesmo zunido infernal na cabeça.

Com os berros do jovem à minha frente, eu estendo o braço. Levanto-me rapidamente com a arma em punho.

— Capitão! Capitão! Venha, estenda a sua mão… estão atirando, temos que sair daqui o mais rápido possível. Aqui estamos expostos, vamos por ali — grita novamente o jovem, sacudindo sua mão e mostrando a direção.

Em um movimento rápido, puxo Dixon, fazendo-o se inclinar. Apoiando meu braço em suas costas, faço mira firme no homem que vinha sorrateiramente a uns quatro metros de distância com o turbante no rosto.

Um único disparo foi o suficiente para deixar mais um furo entre suas narinas e ele acabar desabado, inerte ao chão.

Instintivamente, abaixamos.

— Capitão, acabei de encontrá-lo e já nos salvou. Ao que parece, somos só nós dois contra todos.

Tocando levemente em meu ombro, ele segue se esgueirando por trás de um muro branco.

Minha orelha esquenta com o zunido de um projétil que penetra no concreto de um poste de luz.

Faço um movimento rápido, virando e me jogando ao chão. Não muito longe, a uns 20 metros, em uma janela, vejo o atirador.

Com dois disparos, primeiro atinjo seu rosto e, depois, a sua arma. Abaixo-me assim que o vejo tombar.

Apresso meu passo por um corredor estreito. Dixon sussurra:

— Por aqui.

Nesse instante, ouço um diálogo entre duas vozes dentro de minha cabeça.

— *Ele pode me ouvir?* — *pergunta uma voz feminina.*

— *Não tenho certeza, pode ser que sim.*

— *Meu amor, estou aqui, aguente firme* — *diz a voz feminina.*

Nitidamente eu ouvi as vozes em minha cabeça. Olho para todos os lugares tentando encontrar alguma explicação, e nada.

Não me lembro de nada antes de estar aqui. Um desejo de estar longe disso tudo começa a tomar forma junto com a sensação de ausência e de não ser eu mesmo e estar fora de mim.

— Não me lembro nem de ser militar.

— Acorde, Capitão! — grita Dixon me chacoalhando e quebrando o transe.

Imediatamente, Dixon consegue minha atenção jogando-se ao chão, escondendo-se em um amontoado de lixo ensacado, enquanto sinaliza, apontando algo atrás de mim.

— São dois! Dois no final do corredor — grita Dixon, berrando de dor.

Efetuo vários disparos na direção deles e ambos são alvejados e abatidos.

Dixon está respirando freneticamente. Posiciono-me ao seu lado, em estado de vigilância, com a arma em punho.

— Você está bem? Foi atingido?

O sargento diz que sim antes de tombar ao chão.

Rapidamente me lanço sobre ele, virando-o.

O sangue jorra de seu peito.

— Não, não... que porra, Dixon.

Rapidamente, coloco as duas mãos sobre o ferimento, fazendo pressão para bloquear o sangue.

— Não desista, amigo! Aguente firme. Você precisa escapar dessa.

Não existe nada ao meu alcance que eu possa usar para interromper o fluxo de sangue.

Poucos segundos se passam, mas o suficiente para perceber o inevitável: Dixon não está mais aqui.

O desespero e a revolta são muito reais.

— Não posso fazer mais nada, amigo. Nem retirar seu corpo daqui eu posso.

Passo a mão em seu rosto para fechar seus olhos, já me preparando para fugir.

Olhando à volta, puxo a mochila dele para levá-la comigo.

Ao tentar colocá-la sobre as costas, sou atingido no braço e, logo em seguida, outros dois disparos me derrubam.

Vejo o fone da estação de comunicação sair de dentro da mochila com o impacto do meu corpo sobre ela.

Não sinto dor e não consigo me mover.

Ouço passos vindos do corredor onde os corpos abatidos estão.

Estou de olhos abertos. A ponta de um rifle cutuca o corpo inerte de Dixon. Logo depois de um comentário e de risos, o corpo recebe um chute.

Tenho dificuldade para engolir a saliva seca da boca.

O rifle some do meu campo de visão. Em seguida, uma ponta gelada encosta pesando sobre minha têmpora. Segundos depois, tudo escurece novamente.

Abro os olhos assustado e vejo Dixon estendendo a sua mão e me chamando aos berros. Com o zunido infernal na cabeça, eu estendo o meu braço. Levanto-me rapidamente com a arma em punho, empurrando Dixon para dar um tiro limpo na cabeça do homem de turbante a sete metros.

Instintivamente, abaixamos.

—Vamos, por aqui. — ele sinaliza, esgueirando-se pelo muro branco.

Rapidamente me viro e, na fatídica janela, vejo o atirador se preparando para os disparos. Eu o atinjo com um único tiro na testa.

Logo em seguida, abaixo-me e vou ao encontro de Dixon. Percebo sua angústia e chamo sua atenção.

Com o meu indicador sobre os lábios, peço para que ele faça silêncio. E, após receber sua atenção, aponto para que ele olhe nossa retaguarda.

Antes de ser percebido, disparo e abato os dois homens, que caem sem vida no fim do corredor. Não demora muito e o terceiro combatente surge assustado, entrando curioso como um rato em uma ratoeira.

Novamente, um disparo certeiro atravessa sua fáscia temporal, tingindo de sangue o umbral no final do corredor.

Percebo a aproximação de Dixon, que, espantado, observa.

— Você está bem? Está ferido? — pergunto, tentando me esquivar da sua pergunta óbvia.

— Como pode saber onde estão? — me questiona o jovem incrédulo.

Ao mesmo tempo, pego o aparelho em sua mochila, levantando-o na frente do seu rosto.

— Entre em contato com a base agora. Precisamos de um ponto seguro de extração, sargento. Isto é uma ordem! — comando, enquanto energicamente agarro sua farda.

— Isto é a guerra, Dixon. E, como em toda guerra, uns estão mais preparados e outros morrem, simples assim. — Ao final, solto bruscamente sua farda.

— *Aguente firme, meu amor. Ficarei aqui com você. Faça o que tiver que fazer e volte para mim.*

Novamente aquela voz. E, junto com ela, percebo um toque suave em minha testa, como se arrumasse meu cabelo.

Dixon tenta o contato com a base freneticamente.

Fecho meus olhos na expectativa de ouvi-la novamente.

— Capitão, não consigo contato algum. Está tudo mudo! — reclama Dixon, batendo a mão no aparelho por diversas vezes, o que me deixa irritado.

Levanto-me e, segurando sua mão, digo.

— Se você danificar isso, será nosso fim.

— Me desculpe!

— Por ora, abandone isso. Vamos embora daqui. — Indico o caminho à frente.

— Sim, Capitão.

Caminhamos até encontrarmos um local para nos abrigarmos temporariamente. É um pequeno cômodo civil abaixo da estrutura de um prédio residencial abandonado, mas já é o suficiente até conseguirmos contato e achar uma saída.

Pense, Carter... pense. Como posso livrar minha cabeça disso tudo? Eu preciso me concentrar, preciso me manter vivo, é apenas isso que sei, mas também sei que estou aqui e não sei onde é este lugar.

Por um momento, fixo minha atenção em minha mão suja de terra e sangue seco. Um *flash* de uma aliança aparece no meu anelar.

— *Concentre-se, sobreviva e volte logo para mim, por favor!* — ouço como se alguém estivesse sussurrando em meu ouvido.

— Está com fome? Tenho umas rações aqui comigo — diz Dixon, jogando uma delas em minha direção.

Enquanto comia, ouvi um barulho na parte de cima de onde estávamos.

Dixon me encara, aflito, fazendo um movimento circular com sua faca tática e tentando engolir o farelo da ração que comumente é misturado com água. Depois de sofrer um pouco no processo de deglutir, sussurra:

— E agora? Para onde iremos, Capitão? Entrar aqui foi o mesmo que nos embrulharmos para presente. Estamos ferrados!

Antes de responder, vou até o final da escada e olho para cima. Com um sorriso no canto da boca, sussurro de volta:

— Eles não sabem que os presentes estão aqui embaixo!

Dixon volta, põe a mochila nos ombros e me segue, subindo as escadas.

Bem na frente do prédio há um blindado inimigo com pelo menos três homens armados montando guarda no perímetro.

Dixon toca em meu ombro e sinaliza a possibilidade de um ataque furtivo, o que não é má ideia.

— Capitão, são os mesmos da emboscada.

— Ok! Talvez não tenhamos outra oportunidade como esta.

— Estamos em desvantagem numérica, mas a surpresa vale por muitos — comenta Dixon, balançando sua faca.

Lentamente, conquistamos o limite do confronto com vantagem.

Eu já havia degolado o primeiro soldado quando Dixon fazia uma dancinha com sua lâmina no pulmão do segundo, entre uma costela e outra. Isso sem barulho algum.

O terceiro foi astuto e rapidamente levantou seu AK-47 em minha direção. Os disparos foram desviados pelo tiro certeiro de Dixon, que claramente havia se antecipado.

O sargento se abaixa e, atento, monta guarda enquanto vasculho os corpos.

— Chaves! Temos um veículo!

— *Está acabando. Aguente firme. Volte para mim, meu amor.*

— *Chega disso, senhora! Para fora agora* — uma voz ríspida esbraveja.

— *Não... me deixe aqui. Pode ser a última vez que eu o veja com vida.*

— *Para fora! Saia agora, eu já disse.* — A mesma voz ríspida.

— *Não, por favor, deixe-me ficar... Carter, eu te amo. Aguent...*

Sem tempo para pensar, percebo tiros ricocheteando, disparados de longe.

Ao mesmo tempo, pulamos dentro do veículo e agora estamos nos deslocando em disparada pelas ruas empoeiradas, trocando algumas rajadas com nossos perseguidores.

Temos que seguir para um local alto.

Preciso encontrá-la o mais rápido possível, mas como farei isso? Nem sei onde ela está ou onde estou.

— Capitão, este veículo é equipado com sistema de navegação e precisão segura e, ao que parece, está emparelhado ao receptor GPS com uma antena *antijamming*, ou seja, a conexão não cai.

— Certo! Siga em frente por 15 quilômetros. O GPS indica um local elevado o suficiente para abrir comunicação.

— Sim, Capitão.

Assim que chegamos, Dixon vai até o veículo blindado encostado no paredão de pedra ao final do campo aberto e logo desce correndo com a mochila, ajoelhando-se com a estação autônoma de rádio entre suas pernas, deslizando para trás do veículo, enquanto eu guardava o local na parte da frente do blindado, dando cobertura com a automática, deitado ao chão.

A espera parece longa, até que Dixon se joga com um fuzil ao meu lado.

— Pronto, está feito. O helicóptero estará aqui em breve. Demos sorte de acharmos este platô. Aqui será o local da extração.

— Muito bom, sargento! Você fez um ótimo trabalho hoje. Não tenho palavras para expressar o que sinto.

— É, acho que o general ficará satisfeito quando ler seu relatório sobre mim.

Já havia passado meia hora quando Dixon quebra o silêncio no começo daquela tarde.

Dixon rasteja para a parte de traz do veículo, enquanto fico alerta para qualquer movimentação.

Quando volta, traz consigo duas garrafas d´água. Enquanto mata uma aos goles, entrega-me a outra, da qual, sem perder tempo, bebo também. Não muito fresca, mas revigorante.

Dixon puxa do bolso do uniforme um maço de cigarros.

— Você fuma, Capitão?

— Não, não fumo. Tem algum chiclete?

Dando uma tragada prazerosa, soltando a fumaça em minha direção, responde:

— Não. Só cigarro mesmo.

Deitados embaixo do blindado, ficamos até que, ao longe, avistamos o H225M da Marinha.

Começamos a ouvir tiros e, assim que o pouso é confirmado, corremos ao seu encontro freneticamente por uns 50 metros e, do jeito que deu, pulamos em seu interior. Instantaneamente, o helicóptero começa a levantar voo, ao que o piloto brada:

— Voltar para casa?

Fomos os primeiros a gritar de felicidade.

O piloto abre o canal do rádio e confirma a extração bem-sucedida.

Logo eu vejo as montanhas iluminadas de dourado com a luz do sol e, então, de repente, tudo escurece.

Outro ambiente se descortina. Estou um pouco mais franzino e mais limpo, com certeza.

Encostado em uma plataforma inclinada, tenho a mão direita presa junto a uma superfície arredondada, além de agulhas enterradas em minha pele ligadas em um painel de controle metálico.

Estou diante de uma imensa porta de aço revestida de um material branco, que lembra espuma.

No alto, há um grande vidro que abriga um display que mostra um cronômetro pausado em 23:05:19, 72 dias. Imediatamente abaixo do cronômetro, a seguinte mensagem: "Upload de desempenho em andamento. Por favor, aguarde".

Um barulho como de gás escapando é sincronizado com a retirada das agulhas e a soltura de meus braços.

A porta se abre e a vejo entrar correndo e se jogar chorando sobre mim. Seus soluços copiosos me fizeram respirar profundamente como se nada existisse em todo o mundo além de nós dois. Ficamos ali, os dois imóveis, apenas as respirações e nossos corações acelerados batendo. Sinto a profundidade da sua dor, e isto me assombra. É tão intensa que posso senti-la me sufocando. Eu a seguro forte contra meu peito, confortando-a.

— Agora tudo ficará bem. Já acabou.

Sei que estou me enganando. Estas palavras são tão inúteis... como poderia aliviar este sentimento que se estendeu por tanto tempo em silêncio, sozinho em seu interior?

Fico abraçado a ela, acariciando seus cabelos até que a porta se abre e um homem com roupas brancas e um distintivo nos chama.

—Venham! Acompanhem-me.

Posso jurar que é a voz ríspida que ouvi por último.

Logo entramos em um local onde havia muitas pessoas sentadas e bem-vestidas.

Umas têm materiais de reportagem pessoal, outras apenas estão com tabletes acompanhando notícias, e a maioria cochicha, olhando para nós.

— Todos de pé para que o Excelentíssimo Juiz adentre o tribunal — fala alto o oficial que nos conduziu.

Um senhor entra por uma lateral e se senta em uma confortável poltrona. Ele me olha, arruma o ajuste focal de seu olho bioartificial e inicia a leitura em um display que é visível a todos os presentes.

Leva um tempo para sorrir e me encarar.

— Senhor Carter, mostrou-se por diversas vezes desinteressado de sua vida, negando a si mesmo e às pessoas de seu convívio a experiência de viver de forma ativa e plena, incorrendo no crime de APATIA, como diz o Decreto-Lei nº 5D9.283D, DE 7 DE DEZEMBRO DE 2140. Art. 1 – *É crime não participar de atividades coletivas, mantendo-se apático diante da vida, afastando-se por períodos superiores ao que estabelece o Artigo 5 desta lei, mediante a recusa sem justificativa:*

Pena – Reclusão, de um a três episódios com tema aleatório no DOUSER, com agravante de pena capital por injeção letal se o réu exceder o número de tentativas ou em caso de não conformidade com a mudança de conduta após a sentença.

O juiz faz uma pausa. Tampando o receptor digital com sua mão, fala com o oficial, que responde à sua pergunta positivamente e, então, ele continua sua fala.

— Quanto à intencionalidade do seu ato, verificou-se ser de vontade própria e espontânea, demonstrando claramente sua atitude dolosa e, sendo assim, o tema escolhido para o cumprimento da pena foi contextualizado nas guerras do período de 2020. Período este anterior ao fatídico Ano Zero.

Minha esposa continua abraçada a mim, olhando-me com a face molhada.

— O Senhor Carter foi conectado ao DOUSER — Dilatador operacional de usuários sentenciados à experiência realística. O que significa que tudo o que experienciou também sentiu no próprio corpo, digo, avatar, em seu cumprimento da pena.

— Cada episódio limitava-se a três mortes pelo usuário. Sendo assim, uma quarta morte suspenderia a sentença condenatória, transformando a condenação em uma pena capital por injeção letal, o que de fato não veio a acontecer, pois o senhor Carter está aqui, não é mesmo? — Acrescenta o juiz com um sorriso empático.

— Estou com o seu desempenho aqui, senhor Carter. O senhor entende o porquê de sua acusação?

— Sim, estou ciente.

— Quer acrescentar alguma coisa antes que eu leia meu parecer?

— Sim, estou aqui com minha esposa e só quero outra oportunidade para ter uma vida plena. Apenas isso, Excelência.

— Anotado! — Sorri o juiz novamente.

— No primeiro episódio, o senhor Carter se encontrava como prisioneiro. Foi espancado, humilhado, passou frio e fome. Foi executado uma vez por reagir diante de seu sofrimento, mostrando aqui a primeira intenção de mudança em seu comportamento. Então escapou, observando a oportunidade e, em sua fuga, quase morreu por rajadas de metralhadoras, finalizando o primeiro episódio com uma única morte e escapando da sentença capital.

— Já no segundo episódio, o senhor Carter foi reintegrado à força e destinado em uma missão em um país costeiro inimigo. Estava a bordo da embarcação "Combat Rubber Raiding Craft" e, após descer da embarcação, morreu uma vez por um tiro de *sniper*. Em sua evolução até o alvo, também quase morreu por granada de mão até que foi capturado. Na primeira tentativa de fuga, foi recapturado e morreu amarrado com uma lâmina empurrada em seu peito. Na segunda tentativa de fuga, obteve sucesso e, novamente demostrando a intenção de mudança em seu comportamento, finalizou o segundo episódio com duas mortes e novamente escapando da sentença capital, passando para o terceiro episódio.

— Terceiro e último episódio, deixe-me ver. Aqui está. O senhor Carter se viu numa situação difícil, depois que seu pelotão caiu em uma emboscada, restaram apenas ele e um sargento. Para finalizar o episódio, deveria fazer contato com a base, seguir até o local de encontro e ser resgatado em segurança. O senhor Carter foi executado com um tiro de pistola na parte frontal da cabeça logo no início e, novamente, foi executado mais adiante por um tiro de rifle na parte lateral superior da cabeça. Deixe-me ver… — murmura, trazendo a tela para perto de seu rosto.

— Neste episódio em especial notamos sua tenacidade e gana pela vida. Foi capaz de se tornar um líder protetor.

— No total, temos que, até o final do terceiro episódio, o senhor Carter morreu duas vezes.

O juiz para e me olha, indignado.

— Quero entender profundamente como e por que o seu desinteresse pelo mundo em que vive o levou à inatividade diante da vida. Sua indiferença o privou de conviver bem com todos. Sua insensibilidade, ociosidade e preguiça te afastaram das pessoas mais próximas.

Continuo olhando para o juiz, que, com um olhar cuidador, parece se importar de fato.

— Chame-me de curioso, mas este é o meu trabalho. Eu preciso saber por que agiu assim, você me entende? — pergunta o juiz, estendendo a mão em minha direção e me concedendo a fala.

Abaixo a cabeça.

— A verdade é que agora nem eu entendo o porquê vivi assim. Foi errado, eu sei. Algumas imagens mostradas no DOUSER realmente não correspondem a mim. Eu queria mesmo ficar vivo.

— Senhor Carter, a morte é um ato de juízo, não de justiça e, para ser justo, condená-lo ao DOUSER foi a única opção que tive, e, agora, ao confrontá-lo e compará-lo com o antes, parece estar me dizendo que foi o correto.

Sinto a esperança voltar.

— Quem o senhor estava punindo com essa sua vida indolente e letárgica? De fato, a morte pode ser um dos modos de punir, mas o ato de se fazer morrer é o ponto a que me refiro.

Apoio minhas mãos na barra de aço escovado que me impede de seguir adiante.

— Deliberadamente o senhor não escolheu morrer para os que te cercavam? Diga-me, sua inatividade e marasmo não o fizeram morrer para eles? E, nesse turbilhão de passividade e inércia, também não os matou de seu convívio? Privando-os de sua voz, do seu riso, de sua presença, de sua inteligência?

— Sim, senhor.

— Ficar sempre sozinho e apático diante dos acontecimentos de tristeza e de felicidade que eles passaram e nos quais mereciam seu apoio e participação foi uma opção viável premeditada e irresponsável de sua parte.

— Sim, senhor — respondo baixo, com os olhos inundados.

— Diga-me... que momentos de tristeza ou de felicidade o senhor já havia tido? Nunca experimentar, provando ou permitindo sentir algo novo? Esta é uma sentença muito severa sobre todos à sua volta. Pode imaginar a tristeza que trouxe para a vida desta jovem que está agarrada ao senhor desde a hora que foi condenado, passando por tantas privações para cumprir os horários de visitação obrigatórios, assistindo o senhor no cumprimento de sua pena, sem te abandonar e, até o presente momento, seguir te amando? E por quê? Para ser amada, ouvida, vista e observada por alguém muito especial. Seu marido.

Meu desespero é imenso. Solto a barra e aperto meu peito com força. Tudo o que me vem à mente são meus momentos egoístas de diversão individualizados e, em cada um deles, minha rejeição a todos os convites feitos por ela para desfrutar juntos qualquer momento que fosse.

— Achei importante passar isso para o senhor. Sei o quão jovem o senhor ainda é, mas quero que se lembre sempre que a Justiça, não importa o que o mundo diga ou o que as pessoas pensem, sempre defenderá, nunca atacará.

— Excelência, sei que não agi de maneira correta no passado, mas espero, de agora em diante, onde estiver, honrar a justiça e o legado dos que morreram, fazendo vivos cada um deles em minhas experiências.

O juiz desliga e afasta a tela de seu rosto.

Após se acomodar em sua poltrona, pende para o lado, observa-me por um longo tempo, e então diz:

— Senhor Carter, eu reitero nesta corte que quase 73 dias de condenação foram suficientes para entender que posso declarar que o senhor pagou sua dívida com esta sociedade e que vai usufruir de sua vida de agora em diante com mais atividades, apresentando-se sempre para novas experimentações, bem como honrar quem não sobreviveu ao Ano Zero, viver por todos eles e aproveitar cada minuto de vida que lhe restar.

— Fico imensamente agradecido por esta oportunidade, Excelência.

— Espero que sim, senhor Carter, pois não quero vê-lo novamente nestas condições, Capitão!

Olho para o juiz, espantado.

— Posso lhe garantir que não será como sargento, mas sim como seu pior algoz. Não somente no DOUSER, mas aqui mesmo neste local, se vier a ser julgado novamente!

— Guardarei apenas esta experiência, sem precisar de outra, eu garanto.

— Então o senhor está livre para viver plenamente a partir de agora.

— Todos de pé enquanto o Excelentíssimo Juiz Dixon sai do tribunal! — Conclui alto o oficial.

Este livro foi composto por fonte Bembo, 12/16pt,
papel Avena 80 gr/m² e impresso pela Lura Editorial, em São Paulo